U0094363

徐国良教你开膏方

徐国良　陈劲云　谢梅娟　主编

科学技术文献出版社
SCIENTIFIC AND TECHNICAL DOCUMENTATION PRESS
·北京·

图书在版编目（CIP）数据

徐国良教你开膏方 / 徐国良，陈劲云，谢梅娟主编. —北京：科学技术文献出版社，2022. 4

ISBN 978-7-5189-8031-4

Ⅰ. ①徐…　Ⅱ. ①徐…②陈…③谢…　Ⅲ. ①膏剂—方书—中国　Ⅳ. ① R289.6

中国版本图书馆 CIP 数据核字（2021）第 128078 号

徐国良教你开膏方

策划编辑：薛士滨　责任编辑：吕海茹　张雪峰　责任校对：张吲哚　责任出版：张志平

出 版 者	科学技术文献出版社
地　　址	北京市复兴路15号　邮编　100038
编 务 部	（010）58882938，58882087（传真）
发 行 部	（010）58882868，58882870（传真）
邮 购 部	（010）58882873
官方网址	www.stdp.com.cn
发 行 者	科学技术文献出版社发行　全国各地新华书店经销
印 刷 者	北京地大彩印有限公司
版　　次	2022 年 4 月第 1 版　2022 年 4 月第 1 次印刷
开　　本	710×1000　1/16
字　　数	205千
印　　张	12.75
书　　号	ISBN 978-7-5189-8031-4
定　　价	88.00元

编 委 会

主　编　徐国良　陈劲云　谢梅娟

副主编　邓国雄　朱翠英　陈月宁　杜跃健　严建雄

编　委　冯　珍　何倩丹　陈莉熔　吴小卫　郭莉花

　　　　周欣欣　伍伟源　陈桃红　吴永松　谭家文

序一

膏方，是中医方药之膏、丹、丸、散、酒、露、汤、锭八种传统剂型之一。《理瀹骈文》曰：“膏方之奇，奇在益寿；膏方之常，常在疗疾。”其渊深、其流远、其用广、其效宏，可谓中医药宝库中之璀璨明珠。

膏之义，一曰脂肪。《说文解字》云：“膏，肥也”，段玉裁按曰：“肥当作脂”，临床用膏方者，初即以动物脂肪为基；二曰润泽。《山海经》曾言：“言味好皆滑为膏。”膏方之源，始于《内经》，起于汉唐，宋延唐风，膏方之用渐广，明清之际，则广济诸证矣。近代名医秦伯未先生曰：“膏方者，盖煎熬药汁成脂液而所以营养五脏六腑之枯燥虚弱者也，故俗亦称膏滋药。”

“传承精华，守正创新”，诚乃发展中医药事业之指南，全国中医人皆谨奉而行！今有国家中医药管理局第三批全国中医临床优秀人才徐国良教授亦致力于斯，重点研究膏方，积累临床经验，深感“不识膏方之大用，大多言其仅以养生，殊不知用于治疗多种病证亦其效如神！”遂入燕赵、走长沙、渡珠江、行荆楚，游学各地，述膏方之旨、辨膏方之误、扬膏方之长、推介膏方之妙用。经年累月，纪录临床心得，溯膏方之源、阐膏方之道、著膏方之用，撰成此膏方之作。

通观其书，追本溯源、博采众长，可作学习、研究、应用膏方者之参考。

感其精诚专注、努力奋进，学以致用，是为序。

孙光荣

【序言作者】孙光荣，北京中医药大学教授。第二届国医大师，第五届中央保健专家组成员，首届中国中医科学院学部执行委员，首届全国中医药杰出贡献奖获得者，国家体育总局“中国冰雪”医疗卫生保障特聘专家。全国中医药（临床、基础）优秀人才中医药经典培训班班主任。

序二

膏方是中医药最亮的名片

徐国良教授是国家中医药管理局第三批全国优秀中医临床人才、全国基层名老中医药专家徐国良传承工作室传承指导老师，是目前最活跃的唯一的全国范围讲授膏方临床应用的中青年著名专家。所以，徐国良教授近期要出一本关于膏方的书，我看了初稿之后，就与科学技术文献出版社商定，书名确定为《徐国良教你开膏方》，然而，国良教授让我无论如何写个序言，否则，他心里就不踏实，就他自己所言，我最了解他的临证高超技艺及确切疗效和学习历程，最了解他的膏方临床思维及应用和他推广膏方全国讲授理论传授经验的理念及情怀。而我自知才疏学浅，人微言轻，仅仅是一名自认为铁杆中医而已，所以惴惴忐忑不安，不敢承言。在此首先感谢国良教授和出版社薛士滨老师的抬爱，感恩大家的耐心等待。

先谈谈《徐国良教你开膏方》这个书名。首先，显得亲切，拉近与读者的距离，看到书名，可以马上想象一个学者在和蔼可亲地讲述着什么。其次，突出的是推广技术，突出的是培训，像教学一样。再次，突出的是学术引领，突出的是膏方专家经验的学习与传承的互动。并且国良教授也真正是这么做的，书中全是真材实料的“干货”，反映了膏方的特点特色。当然，有些专家、有些老师也认为这个书名略显浮了些、大了些，恐业内专家有异议，以国良教授谦逊的作风与为人，也是十分不赞同。经过反复与出版、媒介的专家讨论，大家仍然看好这个《徐国良教你开膏方》，名副其实，只要大家看了此书的内容，自然也就释然，不会有异议了。恩师孙光荣国医大师也多次教导我们晚辈：做人要低调，干事业要高调！为中医药出书，为膏方鼓与呼，为传播膏方的学验，就应该高调点！不应该怕异议！这样，书名就经过多次曲折反复之后，最终确定为《徐国良教你开膏方》！

《膏方大全》是先贤秦伯未的划时代、里程碑意义的著作，是中医药千年以来首部完整的系统的中医膏滋方“理法方药”具备的著作，是中医药膏方学的奠基著作，开山之作，是中医药膏滋方的元典著作。然而，就是内容较少，正文页码不足50页，字数区区仅有万余，除了上篇通论，下篇仅有验案膏方16首，就叫了《膏方大全》，因为这是开山之作、奠基之作、元典之作！

说起传承也是有故事可聊的，先师秦伯未学术嫡传王凤岐、吴大真二位教授（王凤岐、吴大真二位教授正是非遗项目三溪堂膏方技艺的代表传承人），是我的恩师师父之一，我被王凤岐老爷子命名为“伴师弟子”，这样，按辈分秦伯未先师就是我师爷。徐国良教授是国医大师孙光荣中和医派门人，而我是孙光荣老爷子在西安一次大会命名的掌门弟子，从这一点，国良教授，我们俩是同门师兄弟，毫无疑问，由此类推，我和国良教授同位秦伯未徒孙辈。由此，从膏方大全出发，《徐国良教你开膏方》这个书名是传有所宗，承有共源，恰如其分！如果不用呢？还真有点对不住先师的《膏方大全》，还真有点对不住先师秦伯未对我们后人“家祭无忘告乃翁”的殷切期望和嘱托！

我和国良教授的学术交流，重点是膏方学术交流。国良教授在医院是业务院长，工作在临床诊疗一线，长期坚持门诊坐诊、病房查房、全院会诊工作，对于危急重症敢于硬碰硬，我也曾被邀前去会诊、观摩多次，对于他运用国优班所学、利用中和医派经方、经药、精方，治疗疑难重症的显著疗效是亲眼所见，对于他运用膏滋方治疗各科顽症杂病的高超技艺和慢病康养确切的疗效亲耳所闻，我也邀请他到北京、长沙等地讲膏方课、会诊，并且也同其他专家一起听取膏方学验汇报，见证他膏方治疗的神奇效果，看到了国良教授对膏方医养的自信，对膏方疗法的热爱，对膏方技术的娴熟，对膏方疗效的满意，对膏方推广的坚持，对膏方文化的情怀，乃至他献身中医药的激情。同时，也清楚地了解到国良教授膏方诊疗疾病全方位的努力与坚持，也认真地体会到国良教授膏方诊疗疾病的学术思想点滴，也真实地看到了国良教授膏方诊疗疾病的技术特点和临床验案，这些点点滴滴，林林总总，在这本《徐国良教你开膏方》中都有鲜明体现！

大家不难看出，中医药膏方的未来发展，必将在我们大家共同努力下更靓丽更辉煌。中医药大健康产业的发展，必将有助于健康中国的进步，中医药事业的振兴必将助推中华民族伟大复兴梦之成真！这是历史必然，是历史潮流！而《徐国良教你开膏方》就是这个历史潮流中奔涌前冲的那朵靓丽的浪花！

最后引用几句话来结尾：

国医大师孙光荣：美丽中国有中医！中医万岁！

中药泰斗祝之友：中和经方经药齐！药国道地！

膏方大咖徐国良：中药膏方富魅力！成就明医！

我说：膏方惠民，找国良教授开膏方去！

杨建宇

京华明医中和斋

序三

徐君国良系余第三批国家优才班之同学，睿智敦敏，谦恭好学，初时治学于湘湖，继则悬壶于明粤。先后师从国医大师孙光荣教授及熊继柏教授，尽得其传。后又拜广州中医药大学伤寒名家李赛美教授为师，仲景之术益发精进。朝乾夕惕，行医卅载，履起沉疴，愈人无数。

国良君虽担任医院领导职务多年，然谨遵古训，严于律己，每晚亥时就寝，翌晨六时闻鸡起舞，日日习读经典，以至烂熟于心，脱口而出，临证应用得心应手，每获佳效。国良君治愈难治之症，常与余分享，君对经典的熟稔和不宣而露的自信，常令余感佩。

近年来，膏方在江浙一带悄然兴起，渐成全国蔓延之势。广东亦紧随其后。余亦治膏方，但仅限于秋冬之际，年老体弱之人。而国良君经过多年的摸索和实践，其运用膏方不分季节、不分年龄、不分地域、不分病种，达到了无病不治，无人不可的境界，深受众多患者的信赖！徐君受邀赴全国各地医院讲学推广，其对膏方的运用技巧和组方思路，得到与会听众的广泛好评，其神奇疗效，令人叹服。

日前，国良君不顾烈日炎炎与舟车劳顿，特来探望。出示样书，嘱余作序，余惶惶然。为一睹为快，连夜展读。书中案例皆为徐君日常所录，有始有终，详尽备至，真可谓有图有真相！案中膏方多为经方合剂，初看貌似杂乱，但细细分析，却豁然洞开，方虽多而有法度，药虽多却依规章，环环紧扣，一气呵成。虽病有万千，但终归阴阳气血，五脏六腑。

作者总结组方用药的技巧，无论何病，治之总不离阴阳平衡，补益中焦，健运脾胃。虽为案例展示，或是诊后小悟，实为多年之经验和盘托出，尤为难能可贵。

本书虽名《徐国良教你开膏方》，但并不是教你如何调制膏方，而是在示人以膏方组方用药的规矩和法门。掩卷而思，所获良多，相信读者阅后定有收益。

余受君所托，不揣浅陋，勉成数语，意犹未尽，词穷笔拙，聊以为序！

广州中医药大学　刘敏

全国名老中医药专家孙光荣传承工作室收徒仪式

全国名老中医药专家孙光荣传承工作室收徒仪式

熊继柏教授收徒拜师仪式

熊继柏教授收徒拜师仪式

中醫的生命力在於臨床

李赛美教授收徒拜师仪

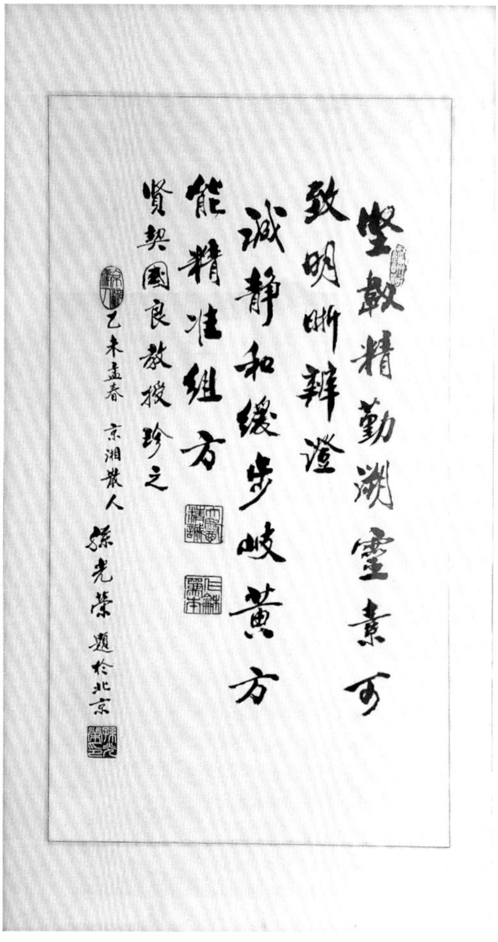
堅毅精勤溯靈素可
致明晰辨證
誠靜和緩步岐黄方
能精准組方
賢契國良教授珍之
乙未孟春 京湘散人
孫光榮 題於北京

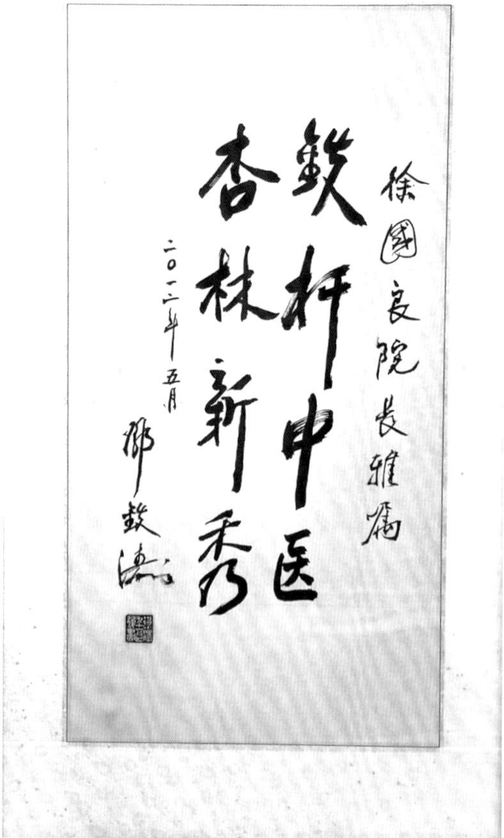
徐國良院長雅屬
岐轩中医
杏林新秀
二〇一二年五月
邓铁涛

前言

膏方，又叫膏剂，以其剂型为名，属于中药里丸、散、膏、丹、酒、露、汤、锭八种剂型之一。膏方一般由20味左右的中药组成，具有很好的滋补和治病作用。

膏的含义较广：如指物，以油脂为膏；如指形态，以凝而不固称膏；如指口味，以甘姜滑腴为膏，《山海经》中曾说："言味好皆滑为膏"；如指内容，以为物之精粹；如指作用，以滋养膏润为长。

膏方历史悠久，起于汉唐，在《黄帝内经》中就有关于膏剂的记载，如马膏，主要供外用，东汉张仲景《金匮要略》记载的大乌头膏、猪膏发煎是内服膏剂的最早记载。唐代《备急千金要方》中个别"煎"已与现代膏方大体一致，如苏子煎，王焘《外台秘要》有"煎方六首"。

宋朝膏逐渐代替煎，基本沿袭唐代风格，用途日趋广泛，如南宋《洪氏集验方》收载的琼玉膏，沿用至今，同时膏方中含有动物类药的习惯也流传下来，如《圣济总录》瓜蒌根膏，此时膏方兼有治病和滋养的作用。

明清膏方更趋完善和成熟，表现为膏方的命名正规、制作规范，膏专指滋补类方剂，煎指水煎剂；数量大大增加，临床运用更加广泛。

明朝膏方即广为各类方书记载，组成多简单。流传至今的膏方有洪基《摄生总要》"龟鹿二仙膏"、龚廷贤《寿世保元》"茯苓膏"及张景岳的"两仪膏"等。

清代名医吴师机在他著的《理瀹骈文》中说:“膏方之奇,奇在益寿,膏方之常,常在疗疾。膏方取法,不外于汤丸,凡汤丸之有效者皆可熬膏。”清代膏方不仅在民间流传,宫廷中亦广泛使用,如《慈禧光绪医方选议》有内服膏滋方近30首。晚清时期,膏方组成渐复杂,如张聿青《膏方》中膏方用药往往已达二三十味,甚至更多,收膏时常选加阿胶、鹿角胶等,并强调辨证而施,对后世医家影响较大。

秦伯未老先生在《膏方大全》中说:“膏方非单纯补剂,乃包含救偏祛病之义。”国医大师裘沛然说:“膏方是中医大方研究的切入点,大方起沉疴。”上海人把《方剂学》上的方叫作小方,把膏方叫大方。近现代膏方在上海、江浙广泛使用,尤以上海为甚。现在上海每年开出30万料膏方(上海人把一剂膏方叫作一料膏方)。

《中医膏方学》指出,治未病的三个阶段均可服用膏方。膏方既可以养生延年益寿,又可以治疗疾病。凡汤丸之有效者皆可熬膏,汤丸一年四季均可服用的,这表明膏方一年四季也均可服用。

膏方是一种文化,它体现了以和为贵的处世之道、生存之道及开方之道,它体现了“正气存内,邪不可干”的养生之道,它体现了以孝为先的礼仪之道。我们推广膏方就是传承膏方文化,让更多的人形劳而不倦,让更多的人健康长寿。古人云:“山中常有千年树,世上难逢百岁人”,如今,这种情况已发生了翻天覆地的改变。

目录

第一章

膏方的魅力

辨证精确、审证求因、审因论治、对证组方，膏方比之中药汤剂，药效更为浓缩、药力更为持久，治疗中风病、不孕不育症、肝硬化、肿瘤等疾病及调理亚健康状况疗效显著。

一、中风病验案

李某，女，80岁。

【初诊】2017年10月5日。

【主诉】双下肢乏力不能行走2年。

【现病史】2年前因中风在省城某三甲医院住院治疗2月余，仍有双下肢乏力、不能行走，遂回家调养。现症：双下肢乏力、不能行走，只能站立约10秒钟；食欲旺盛；食量大；大便黏滞不爽，1周1次；白天小便频数、淋漓不尽、小便时有灼热感；盗汗，性急，心情郁闷。身上有皮疹，瘙痒。舌质淡红，苔黄腻，左尺偏浮弦，左关弦甚。

【既往史】2型糖尿病病史。

【中医诊断】中风病，中经络（肾阴虚、脾气虚、肝胆湿热、膀胱湿热证、胃热）。

【西医诊断】脑梗死后遗症。

【治法】调和营卫、滋阴降火、益气健脾、祛湿热。

【方药】《古今录验》续命汤、五痿汤、大柴胡汤加小陷胸汤、当归六黄汤加黄芪龙牡汤、八正散、六味地黄汤。

麻黄10 g，肉桂10 g，生石膏10 g，干姜10 g，党参10 g，炙甘草10 g，当归9 g，川芎5 g，杏仁5 g，知母10 g，黄柏9 g，炒白术10 g，茯苓10 g，麦冬10 g，炒薏苡仁30 g，柴胡24 g，黄芩9 g，大黄9 g（后下），枳实9 g，法夏9 g，赤芍9 g，大枣15 g（自备），生姜10 g（自备），黄连9 g，瓜蒌皮15 g，生地9 g，熟地9 g，黄芪18 g，煅龙骨20 g（先煎），煅牡蛎20 g（先煎），木通5 g，车前子10 g（布包），萹蓄10 g，滑石20 g（布包），栀子10 g，瞿麦10 g，三棱10 g，莪术10 g，淮山药15 g，丹皮10 g，泽泻10 g，山茱萸15 g。

【二诊】2017年10月8日（药后4天）。

微信随访：患者儿子诉其母原来需搀扶坐轮椅，今天可以自己坐上去，原来站立十几秒，现在可以扶住架子在阳台站立一分钟，有较大进步。

【三诊】2017年10月14日。

微信随访：患者儿子诉其母1周后可以站立4分钟左右，扶住架子可以走一两步。

【四诊】2017 年 10 月 17 日。

微信随访：患者儿子诉其母皮肤瘙痒基本消失，食量减少，比较正常，每天有点进步，可以站立 5 分钟。

【五诊】2017 年 10 月 20 日。

微信随访：患者儿子诉其母可以自己扶住架子走路（图 1–1）。

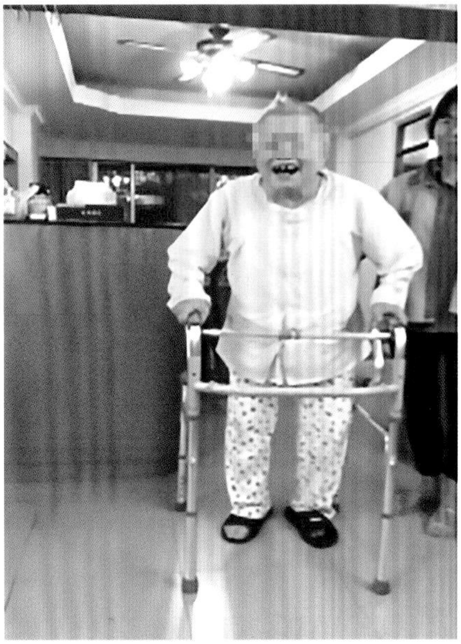

图 1–1　患者扶架子走路

【六诊】2018 年 2 月 20 日。

面诊：患者精神焕发，能自己扶着架子走路，盗汗、身痒愈，大便基本正常，舌质淡红、苔薄黄腻（较前黄腻苔明显减少），左尺偏浮弦，右关偏弦甚。辨证同前，效不更方，加桃仁，守原方十剂，入膏方。

【七诊】2018 年 3 月 10 日。

微信随访：患者儿子诉其母吃膏方后行走可以不用扶架子。

【八诊】2018 年 3 月 13 日。

患者儿子微信发来老人行走视频。

【九诊】2018 年 3 月 13 日。

患者儿子微信发来老人独自行走视频。

【十诊】2018 年 3 月 16 日。

患者儿子微信发来老人在江边的图片（图 1–2）。

图 1–2　患者能独自行走

【十一诊】2018 年 4 月 4 日。

其子发来视频，患者已经能独自上街行走。

按语：痱，《说文·疒部》云：“风病也。”《尔雅·释诂》云：“痱，病也。”《汉语大字典》云：“痱，中风病。”因（中）风而痱，后世医家有“中风痱”“痱风”“风痱”等名称。《金匮要略·中风历节病》云：

“中风痱，身体不能自收，口不能言，冒昧不知痛处，或拘急不得转侧。”《古今录验》续命汤主治中风痱，患者中风后出现四肢乏力不能行走，当用续命汤。《黄帝内经》云“治痿独取阳明”，故加用五痿汤。同时患者有多个兼证，患者出现盗汗，加用当归六黄汤和黄芪龙牡汤；患者大便一周一次且黏滞不爽，表明有肠道湿热（湿热之阳明腑实证），又有心情郁闷（少阳证），加之苔黄腻，故用大柴胡汤治疗，加小陷胸汤以加强祛湿热之力；患者白天小便频数且有灼热感，国医大师熊继柏教授道白天尿频为湿热，遂用八正散清利膀胱湿热；《黄帝内经》云“尺脉浮弦为伤肾”，故用六味地黄汤；久病必瘀，故加三棱、莪术以活血化瘀。

从笔者的临床经验来看，以大型复方汤剂做成膏方，通补兼施、动静相合、并行不悖，药证相符，病情日渐好转。患者坚持服续命汤2月余，即坚持吃了麻黄2月余而并未出现伤阳气的现象，也印证了“有是证用是方”的诊疗思路是完全正确的。

二、膏方降酶祛斑助孕验案

王某，女，42岁。

【初诊】2017年3月23日。

【主诉】右胁胀痛间作1年。

【现病史】患者诉1年前开始出现右胁胀痛、乏力，B超示脂肪肝及乳腺小叶增生，肝功能异常，经多方治疗均不能降低其谷氨酰转肽酶，颜面黄褐斑明显，且备孕5月余未怀孕，遂来求治。现症：右胁胀痛、晨起口苦，喜冷饮，经前乳房胀痛，经量少，颜面黄褐斑明显，大便黏滞不爽，形体肥胖。同时患者要求孕前调理。舌质淡红、苔黄白腻，舌下静脉瘀紫，双尺脉偏浮弦，左关弦甚。

【中医诊断】胁痛（脾肾两虚，肝胆湿热、气血两虚）。

【西医诊断】脂肪性肝炎；乳腺小叶增生；黄褐斑。

【治法】疏利肝胆湿热、补益脾肾、软坚散结、益气养血。

【方药】大柴胡汤合茵陈四苓汤、归脾汤、疏肝消瘰丸、四物汤合六味地黄丸。

枳实12 g，黄芩12 g，赤芍12 g，半夏12 g，猪苓20 g，茯苓20 g，炒白术20 g，海金沙40 g，鸡内金40 g，党参20 g，黄芪40 g，当归20 g，茯神40 g，远志20 g，木

香 20 g，熟地黄 40 g，白芍 20 g，川芎 20 g，山药 30 g，浙贝母 60 g，香附 30 g，郁金 30 g，青皮 20 g，玄参 60 g，煅牡蛎 60 g，煅龙骨 60 g，炒酸枣仁 60 g，酒大黄 8 g，菟丝子 30 g，枸杞子 30 g，覆盆子 20 g，五味子 20 g，山茱萸 30 g，柴胡 32 g，炙甘草 20 g，苍术 50 g，厚朴 32 g，陈皮 32 g，桃仁 20 g，黄连 10 g，片姜黄 20 g，丹参 40 g，胆南星 12 g，金钱草 60 g，三棱 20 g，泽兰 20 g，泽泻 40 g，瓜蒌皮 10 g，茵陈 60 g，牡丹皮 20 g，饴糖 20 g，黄酒 20 g，龟甲胶 30 g。煎膏内服，共 10 剂。

【二诊】2017 年 4 月 7 日。

药后患者诉右胁胀痛已消失，余诸症同前，守上方加五子衍宗丸以补肾。

【三诊】2017 年 5 月 22 日。

经量少，舌质淡红，苔薄黄腻，左尺关浮弦。守上方加平胃降脂方及饴糖、黄酒、龟甲胶做成膏方。

【四诊】2017 年 6 月 19 日。

患者开心地诉其吃膏方后已怀孕，而且面部黄褐斑已明显消退。

【五诊】2017 年 6 月 22 日。

复查肝功能谷氨酰转肽酶已正常，尿酸及低密度脂蛋白已正常。肝功能及血脂、肾功能治疗前后变化见表 1–1。

表 1–1　肝功能及血脂、肾功能治疗前后变化

项目	日期	
	2017–3–23	2017–6–22
AST（U/L）	29.35	11.75
ALT（U/L）	37.05	12.85
GGT（U/L）	85.05	35.05
ALP（U/L）	63.01	38.22
ALB/GLB	2.05	1.42
TBiL（μmol/L）	13.00	14.53
DBilL（μmol/L）	2.24	2.87
UA（μmol/L）	430.72	312.62
CHOL（mmol/L）	6.86	4.76
HDL–C	1.80	1.33
LDL–C	3. 50	2.35
APOAI	1.67	1. 97
ApoB100	1.38	1.51

按语：右胁胀痛、晨起口苦、大便黏滞不爽，考虑肝胆有热夹肠道湿热；用大柴胡汤合茵陈四苓汤；经量少，考虑气血两亏，宜健脾益气生血，用归脾丸；经前乳房痛，考虑肝气郁结，宜疏肝解郁软坚散结，用疏肝消瘰丸。《名医类案》第616页提到“从孙妇程氏，年甫三旬，产五次，今则经闭不行者八年，肥肉则丰肥于昔，饮食又倍于昔，精采则艳美于昔，腹柔不坚，略无所谓病者。或用四物汤、元胡、丹皮之剂千余服矣。至三棱、莪术、干姜、桃仁、苏木之类，遍尝不应。诊之六脉缓大有力，曰：此脾湿生痰，脂满子宫，徒行血、活血、破血无益也。以平胃散加矾石、桃仁、黄连、姜黄、丹参、南星、半夏作丸，服之半年而经行，次年生子，后又连生一子一女。”患者形体肥胖，又有怀孕之意，故用其方降脂助孕。

患者前来治疗脂肪性肝炎，药后取得了三大疗效：①肝功能、血脂及尿酸恢复正常；②黄褐斑明显消退；③成功怀孕。

三、膏方男性不育验案

何某，男，40岁。

【初诊】2018年5月11日。

【主诉】婚后12年未生育。

【现病史】患者诉2006年结婚，其妻曾自然怀孕并做两次试管，胎儿均停止发育。2017年3月4日在阳江市某医院化验，精子活动率51%。其身高1.67米，体重80 kg，体重指数28.7。现症：胸闷痛，运动后则舒，颈部不适，全身遍布脂肪瘤，吃热性食物则口腔溃疡，脚底常有湿疹，脐上皮疹每逢换季则加重及瘙痒，头皮易生疖子，动之则汗，大便黏滞不爽。喜食苦味食物，也喜热饮。平素手足心热，冬天手足很冷。常常凌晨2点后方能入睡。舌质淡红，苔薄黄腻，双尺浮弦，左关弦甚。

【中医诊断】不育症（肾阴亏虚）、结胸（肝郁痰热蕴结）、湿疹（湿热内蕴）。

【西医诊断】继发性不育；脂肪瘤。

【治法】祛痰湿、清热利湿、祛风止痒、健脾益气、疏肝解郁、和胃降逆、寒热并调、滋阴降火、温通经络、益气化瘀。

【方药】小柴胡汤加枳壳合小陷胸汤、芩连二陈汤、甘草泻心汤、消风败毒饮、补中益气汤合黄芪桂枝五物汤、玉屏风散、黄芪龙牡汤、大柴胡汤、四物汤、六味地黄丸、当归四逆汤合补阳还五汤。

柴胡 24 g，黄芩 9 g，党参 9 g，生姜 10 g，大枣 30 g，炙甘草 18 g，法半夏 9 g，炒枳壳 9 g，瓜蒌皮 5 g，陈皮 10 g，茯苓 10 g，白芥子 20 g，干姜 9 g，当归 9 g，川芎 8 g，赤芍 9 g，升麻 10 g，葛根 24 g，连翘 10 g，防风 10 g，羌活 10 g，金银花 10 g，黄柏 10 g，蝉蜕 10 g，生地黄 20 g，肉桂 9 g，黄芪 30 g，炒白术 10 g，煅龙骨 20 g，煅牡蛎 20 g，浮小麦 30 g，大黄 6 g（后下），炒枳实 9 g，山药 15 g，山茱萸 15 g，桃仁 2 g，红花 2 g，地龙 2 g，细辛 6 g，通草 6 g，炒山楂 10 g，鸡内金 10 g，焦神曲 10 g，苍术 25 g，厚朴 16 g，片姜黄 15 g，丹参 20 g，胆南星 6 g，灵仙 15 g，醋龟甲 20 g（先煎），知母 10 g，醋五味子 15 g，枸杞子 15 g，补骨脂 20 g，饴糖 20 g，龟甲胶 10 g，黄酒 20 g。煎膏内服，共 10 剂。

【二诊】2018 年 8 月 8 日。

服药期间患者坚持运动，体重减为 70 kg，体重指数由 28.7 降为 25，胸闷很少发生，睡眠质量好，口腔溃疡很少发生；动之则汗症状明显减轻，但脚踝附近湿疹更甚，大便仍黏滞不爽；跑步出汗后，腰部很冷；舌质淡红，苔薄黄腻，双尺略浮弦，左关弦甚，右关弦。2018 年 8 月 8 日在阳江市某医院复查精子活率为 81.3%、精子密度为 135.97 万（＞20 万 /mL）。患者非常愉悦，对生小孩充满了信心。守原方加四妙散、连朴饮、肾着汤，开膏方。

【三诊】2019 年 10 月 14 日。

患者反馈，其妻子已经怀孕 7 周，孕检一切正常。

【四诊】2019 年 11 月 15 日。

患者反馈，其妻怀孕近 3 个月，孕检正常。

【五诊】2020 年 5 月 1 日。

患者反馈，临近预产期，一切正常。

【六诊】2020 年 5 月 22 日。

患者反馈，其妻已顺利生产，母子健康！

按语：精子活动率不高，一直未育，病症繁杂的患者，针对其痰热湿郁蕴结、气血阴阳亏虚，唯有通过平衡阴阳的办法来治疗。患者胸闷，苔黄腻，采用《医学心悟》治胸闷痛有神效的小柴胡汤加枳壳合小陷胸汤，疏肝解郁、清热化痰祛湿；患者全身遍布脂肪瘤，采用《名医类案》芩连二陈汤，健脾化痰并清热；口腔溃疡，用甘草泻心汤和胃降逆，寒热并调；湿疹，用消风败毒饮，清热利湿，祛风止痒，滋阴养血；脐部皮疹每逢换季则加重及瘙痒（《名医类案》云肺气虚弱者，皮肤不泽也），表明肺气虚，用补中益气汤合黄芪桂枝五物汤及玉屏风散，健脾益肺；动之则汗，表明气虚，用黄芪龙牡汤；心情抑郁，加之大便黏滞不爽，表明有少阳证加阳明腑实证，故用大柴胡汤；《黄帝内经》云尺脉浮弦为肾虚，故用六味地黄丸；冬天手足冰冷，表明血虚寒凝，用国医大师熊继柏教授治手足厥冷的经验，以当归四逆汤养血温经散寒，以补阳还五汤益气活血通阳；《名医类案》云卧则阴气生，故建议患者早睡；除了膏方治疗外，还嘱咐患者每天晨练，晚上 7 点前吃完晚餐，晚上 11 点睡觉。服用一料膏方后，体重显减，诸症好转，精子活动率由 51% 变为了 81.3%，精子活动率明显提高。药证相符，医患皆欢！

四、膏方治疗不孕验案

张某，女，30 岁。

【初诊】2018 年 10 月。

【主诉】婚后 2 年未孕。

【现病史】结婚后未采取任何避孕措施，仍未怀孕。近一年易腹泻，尤其是饮食生冷时易腹泻；大便黏稠挂厕；冬季手足冰冷；平素易感冒；常有口唇干裂和口腔溃疡；手心易出汗；体型肥胖；面部有痤疮；白带发黄；月经期有小腹冰冷；经期有痛经；入睡后易醒；舌质淡红，苔薄黄，双尺脉浮弦，左关弦迟，右关弦。

【中医诊断】泄泻（脾阳虚）、感冒（肺气虚）、肥胖（脾虚夹湿、热、瘀、浊）、痤疮（湿热）、黄带（湿热）、痛经（气血虚）、小腹冰冷（肾阳虚）、手足冰冷（血虚寒凝）、易醒（阴虚阳亢）。

【治法】温补脾阳、补肺健脾、清热利湿、补气血、温经通脉、温补肾阳、滋阴潜阳。

【方药】温经汤、附子理中丸、玉屏风散、补中益气汤、平胃散、消风败毒饮、葛根黄连汤、调经汤、温胞饮、当归四逆汤合补阳还五汤、胃气丸、枕中丹、甘草泻心汤。

中药 14 剂加辅料做成一料膏方（服用 45 日左右）。

【二诊】2019 年 7 月。

患者反馈，经过膏方调理近一个月即怀孕，待产。

【三诊】2019 年 12 月。

患者反馈，已经顺利生产！

按语：患者因结婚 2 年未孕，要求膏方调理。调理原则为平衡阴阳。《黄帝内经》有云："谨察阴阳之所在，以平为期"，即用药物之偏性来纠正身体之偏。患者易腹泻且饮食偏凉即泻，表明有脾阳虚（《中医名言辞典》云：久泻，肛门不固，阳虚也），治以附子理中丸（《名医类案正续编》云：中气虚寒者，用附子或附子理中丸，无有不效也）。容易感冒为肺气虚（《黄帝内经》云：肺气虚，则鼻塞不利少气），方用玉屏风散加补中益气汤脾肺双补。肥胖是痰、湿、浊、瘀、热所致，治以健脾利湿化痰、清湿热、祛瘀，方用平胃散加味。痤疮兼有大便黏是湿热所致，治以清热利湿、养阴补血、祛风胜湿，方用消风败毒饮（若痤疮冬天为甚，古代医家会使用人参败毒饮透发）。黄带是湿热所致，国医大师梅国强教授的经验是，治黄带用葛根黄连汤效果最好。经期痛经是气血虚，用《傅青主女科》的调经汤温经止痛。小腹冰冷是肾阳虚，用《傅青主女科》的温胞饮来温补脾肾之阳虚。手足冰冷是血气寒凝，以国医大师擅用的当归四逆汤合补阳还五汤，以养血温经祛寒，补气通阳。易醒是阴虚阳亢所致（《黄帝内经》云：阳入于阴谓之寐，阳出于阴谓之寤），用肾气丸加枕中丹来滋阴潜阳。容易口腔溃疡是虚火所致，用治黏膜损伤的通方甘草泻心汤。

患者反馈服用近 1 个月膏方就成功怀孕。表明通过膏方调理，身体状况得到了明显改善，从而顺利怀孕。若要孕前调理，建议夫妻双方均吃完一料膏方后再怀孕，对后代身体更好。虽患者吃了近 1 个月的膏方就成功怀孕，但是小儿出生后如笔者所言也容易腹泻（可能母亲的体质遗传给了儿子）。这正是因为母亲脾胃功能不好，尚未调理至最佳便急于怀孕，导致子代脾胃功能也不好。因此，建议夫妻吃完一至三料膏方后再怀孕，会使子代身体更强壮。

五、膏方治疗男性不育验案

田某，男，30岁。

【初诊】2018年12月27日。

【主诉】婚后3年未生育。

【现病史】结婚3年，未采取任何避孕措施情况下未生育，进行两次试管未成功受孕。现症：面部痤疮，易肥胖（一年胖了30斤），烦躁，手足心发热，易醒，喜冷饮；遇温差变化会流鼻涕，打喷嚏；舌质淡红，苔黄腻，双尺浮弦，左关略弦甚，右关弦甚。

【西医诊断】男性不育症。

【中医诊断】痤疮（湿热）、肥胖（痰、湿、热、浊、瘀）、早醒（阴虚阳亢）、手足心热（阴虚火旺）。

【治法】清热利湿、祛风、养血、健脾化痰、化瘀，滋阴潜阳、滋阴降火、疏肝解郁。

【方药】消风败毒饮、平胃散加味、四物汤、六味地黄丸、枕中丹、五子衍宗丸、大补阴丸、小柴胡汤、补中益气汤、玉屏风散。中药14剂加辅料做成膏方。

【二诊】2019年8月12日。

夫妻双方同时服用了膏方，其妻微信上说“我喝了你的中药1个月就怀孕了，现在28周啦”。

【三诊】2019年11月13日。

已生产一个健康的宝宝。

按语：针对男性不育症，治则仍为“平衡阴阳”。患者面部有痤疮、苔黄腻，表明有湿热，用了能清热利湿、祛风胜湿、养血的消风败毒饮；患者易肥胖，表明有痰、浊、湿、瘀、热，用了能治痰、浊、湿、瘀、热的平胃散加味方；患者手足心热、喜冷饮，表明有阴虚火旺，用了滋阴降火的大补阴丸；患者易醒表明有阴虚阳亢，用了能滋阴潜阳的四物汤合六味地黄丸加枕中丹；患者遇温差变化则流鼻涕、打喷嚏，表明肺气虚，用了健脾益肺的补中益气丸合玉屏风散。药后诸症好转，身体状况趋向平衡，其妻顺利怀孕并产子。这个验案给笔者的启示是让身体恢复平衡，对改善身体状况大有好处，正如《黄帝内经》所云：“阴平阳秘，精神乃治。”

六、肺癌验案

蒋某，男，72岁。

【初诊】2016年3月18日。

【主诉】咳嗽1月余。

【现病史】1个月前出现咳嗽，在高明区某医院确诊为颌下癌术后、放疗后出现转移性多发性肺癌，中山大学附属肿瘤医院认为已不能放化疗和手术了，其遂来求治于中医。现症：咳嗽频，每3～5分钟咳嗽一阵，咯白色泡沫痰，怕冷，风吹则冷，咳嗽加重，胸闷，动则汗出，盗汗，手足心发热，大便秘结，夜尿3～4次，易早醒，易烦躁，少许忧郁，喜热饮，反酸。舌质淡红，苔薄黄腻，双尺脉浮弦。

【既往史】3年前曾做颌下癌手术。

【中医诊断】肺癌（寒饮内停、气阴两虚、肝气郁结、肾阴阳两虚）。

【治法】温肺散寒化饮、益气养阴、疏肝解郁、补肾壮阳、滋阴潜阳。

【方药】小青龙汤合肾气丸合柴胡桂枝温胆定志汤。

附子20 g（先煎），肉桂6 g，熟地20 g，淮山药15 g，茯苓10 g，泽泻10 g，牡丹皮10 g，山茱萸15 g，干姜10 g，麻黄15 g（先煎），赤芍10 g，细辛12 g，五味子10 g，炙甘草10 g，杏仁10 g，柴胡15 g，黄芩5 g，陈皮10 g，法半夏10 g，枳壳10 g，竹茹10 g，石菖蒲20 g，炙远志15 g，党参10 g，生牡蛎20 g（先煎），龙骨20 g（先煎）。2剂，水煎服。

【二诊】2016年4月5日。

服用中药两周后，诸症减轻，守上次方，每剂加龟甲胶20 g，鹿角胶20 g、黄酒20 g、饴糖20 g，共10剂，具体如下。

柴胡15 g，黄芩5 g，肉桂9 g，陈皮10 g，茯苓10 g，枳壳10 g，竹茹20 g，石菖蒲20 g，炙远志15 g，炙甘草10 g，清半夏10 g，桔梗10 g，荆芥10 g，紫菀10 g，百部10 g，前胡10 g，黄连5 g，瓜蒌皮10 g，红参5 g，麦冬10 g，五味子10 g，熟地

20 g，知母 20 g，黄柏 20 g，制龟板 30 g（先煎），没药 10 g，乳香 10 g，干姜 10 g，炒白术 10 g，麻黄 15 g（先煎），杏仁 10 g，当归 10 g，生地 20 g，黄芪 20 g，赤芍 10 g，龟甲胶 20 g，鹿角胶 20 g，黄酒 20 g，饴糖 20 g。煎膏内服。

【三诊】2016 年 5 月 24 日。

服膏方 2 周后咳嗽明显减轻，由每 3 ~ 5 分钟咳一阵变为半小时咳 1 次，精神明显好转，动则汗出及盗汗现象已消失（原来每晚因盗汗要换衣），大便已通畅，口苦明显减轻；以前因怕冷不敢冲凉，现已可以冲凉，夜尿由 3 ~ 4 次变为 2 次。现仍有少许怕风。舌质淡红，苔黄腻，脉双尺浮弦，效不更方。

按语：该患者颌下癌术后及放疗后 3 年出现转移性多发性肺癌，咳嗽频作，看病之初，笔者强调改变生病环境，疾病就会得到控制！施治时笔者考虑“有是证用是方”！患者咳嗽咯白色泡沫痰，怕风怕冷，先用治外寒内饮的小青龙汤合三拗汤；后用熊继柏教授治疗肺癌的通用方止嗽散合小陷胸汤及犀黄丸，再加三拗汤；胸闷痛、大便秘、苔黄腻，考虑兼有湿热，加用了《医学心悟》中治胸闷痛的神方小柴胡汤合小陷胸汤加枳壳；咳甚则汗，考虑气阴两虚，遂用生脉饮；盗汗，汗出湿衣，手足心发热，考虑为阴虚火旺所致用当归六黄汤合大补阴丸；怕冷，早醒，易烦躁，双尺脉浮弦，考虑肾阴阳两虚，遂用肾气丸加龙牡；心情抑郁，用郝万山老师的抗抑郁经验方柴胡桂枝温胆定志丸，药后诸证好转。为增加疗效，在此基础上加滋阴潜阳的龟甲胶及补肾壮阳祛寒的鹿角胶。

七、膏方治疗脉管炎验案

梁某，女，70 岁。

【初诊】2020 年 2 月 21 日。

【主诉】左下肢皮肤溃烂 1 年。

【现病史】患者 1 年前出现左下肢溃烂，在某市医院诊断为“脉管炎”，住院治疗两次，无明显效果，遂来求治。现症：双下肢皮肤均有溃烂，左下肢溃烂尤甚，溃烂面鲜红，瘙痒，有渗液，天冷加重（图 1–3）。不准时吃饭会有手软，腹部易肥胖，早醒，舌质淡红，苔黄腻，舌边有齿痕。双尺悬浮，右关弦盛。

【中医诊断】湿热、肺脾气虚、肾阴虚。

【西医诊断】脉管炎。

【治法】清利湿热、透表、健脾益气、滋阴。

【方药】当归拈痛汤、人参败毒饮、补中益气汤、四物汤、六味地黄丸。

【二诊】2020 年 2 月 24 日。

溃疡渗液减少，红肿减退（图 1–4）。

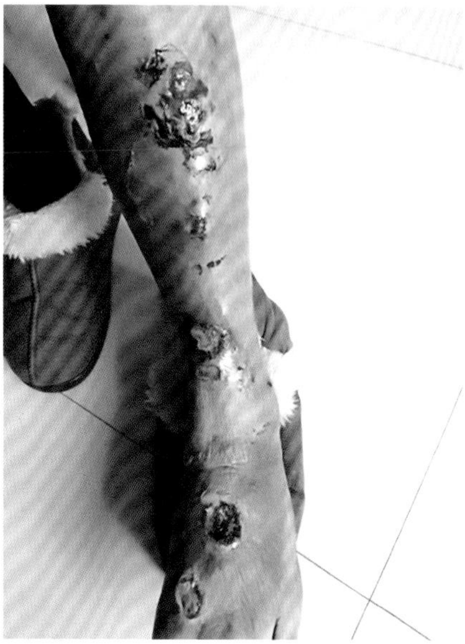

图 1–3　初诊：双下肢皮肤溃烂

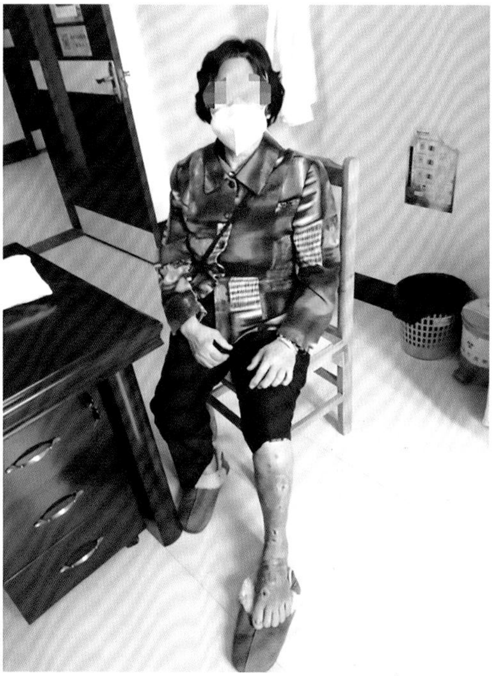

图 1–4　二诊：溃疡渗液减少

【三诊】2020 年 2 月 27 日。

溃疡面逐渐结痂，红肿消退（图 1–5）。

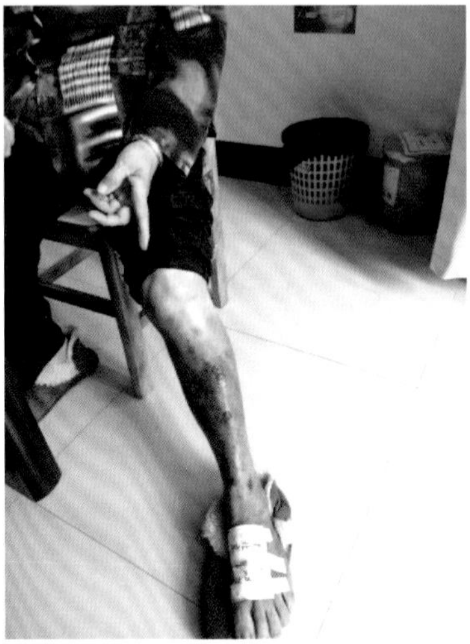

图 1–5　三诊：结痂、红肿消退

【四诊】2020 年 4 月 27 日。

膏方持续治疗后，溃疡面逐渐缩小，红肿瘙痒基本消失（图 1–6）。

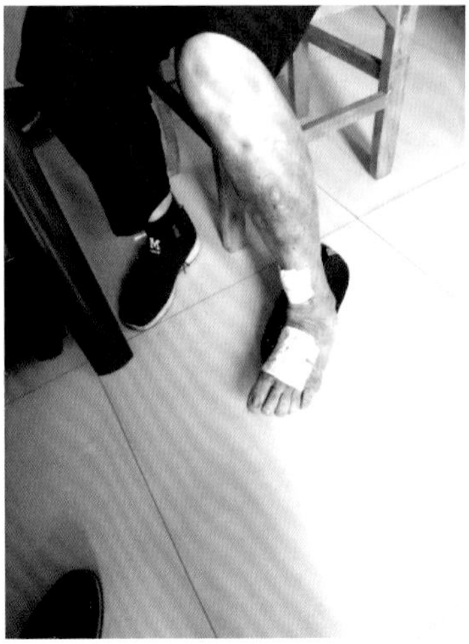

图 1–6　四诊：溃疡面缩小

【五诊】2020 年 5 月 20 日。

溃疡愈合，不适感基本消失，睡眠改善（图 1–7）。

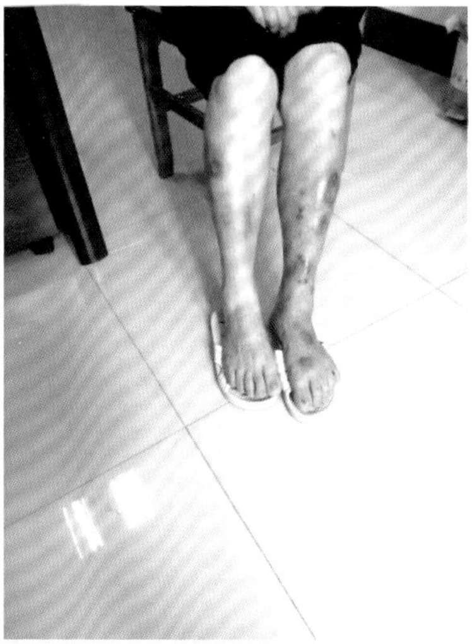

图 1–7　五诊：溃疡愈合

【六诊】2020 年 6 月 1 日。

新生皮肤长出，溃疡痊愈，红肿瘙痒消失，无瘢痕（图 1–8）。

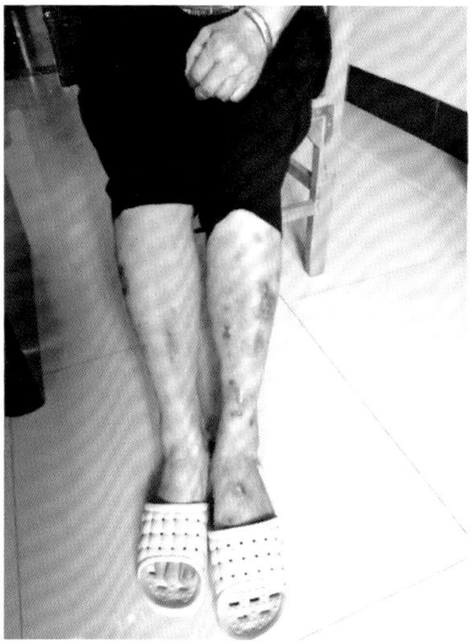

图 1–8　六诊：新生皮肤长出

八、膏方治疗淤积性皮炎

罗某，女，81岁。

【初诊】2020年5月1日。

【主诉】四肢皮肤瘙痒，疼痛，红肿伴渗液，间断发作10年。

【现病史】患者10年前不明原因出现双下肢皮肤瘙痒，疼痛，红肿伴渗液，天冷时加重，可发展为全身瘙痒，皮肤粗糙（图1–9）。平时易乏力，易早醒，时有大便稀溏。舌质淡红，舌苔薄黄，双尺浮弦。

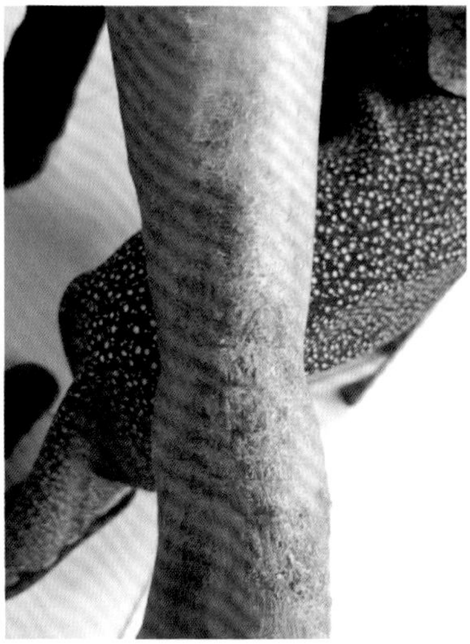

图1–9　初诊时皮肤状况

【既往史】高血压，高脂血症。

【中医诊断】湿热、肺气虚、脾阳虚、肾阴虚。

【西医诊断】淤积性皮炎。

【治法】清利湿热、透表、健脾益气、滋阴、疏肝。

【方药】人参败毒饮、人参饮子、当归拈痛汤、理中丸、六君子汤。

【二诊】2020年5月8日。

用药后渗出减少，红肿减退，开膏方全面调理（图1–10）。

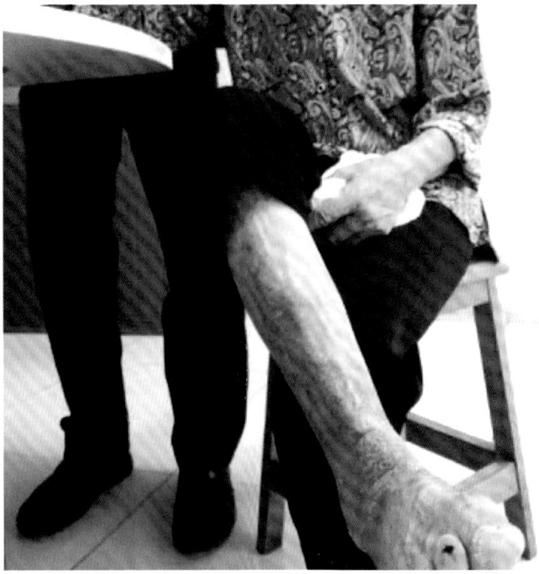

图1–10　二诊：渗出减少

在前方基础上加四物汤、六味地黄丸、枕中丹、芪附桂枝五物汤、玉屏风散、补中益气汤、消风散、天麻钩藤汤、资生丸、平胃散、小柴胡汤、保和丸。

【三诊】2020年5月24日。

用药后四肢皮肤变光滑，

红肿、渗液区域明显减少，偶有瘙痒，肉粒结节还未消退（图 1–11）。

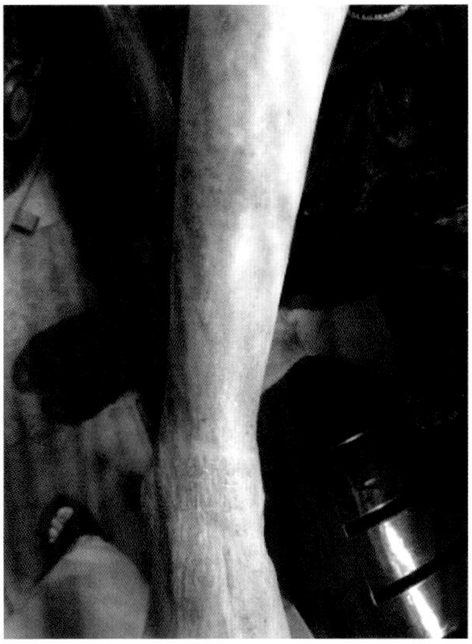

图 1–11　三诊时皮肤状况

【四诊】2020 年 6 月 1 日。

整体较前好转（图 1–12）。

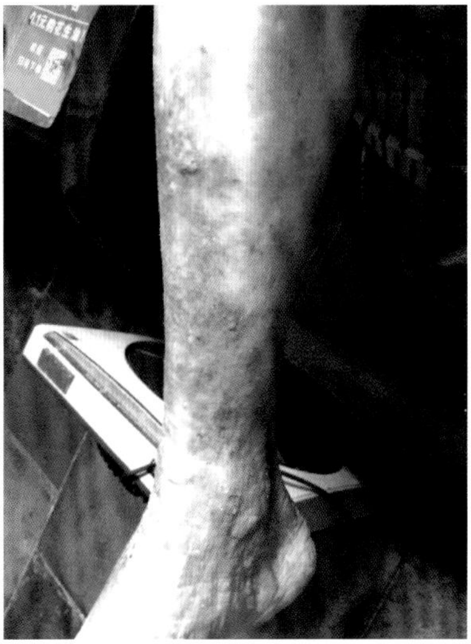

图 1–12　四诊时整体好转

【五诊】2020 年 6 月 4 日。

较前好转（图 1–13）。

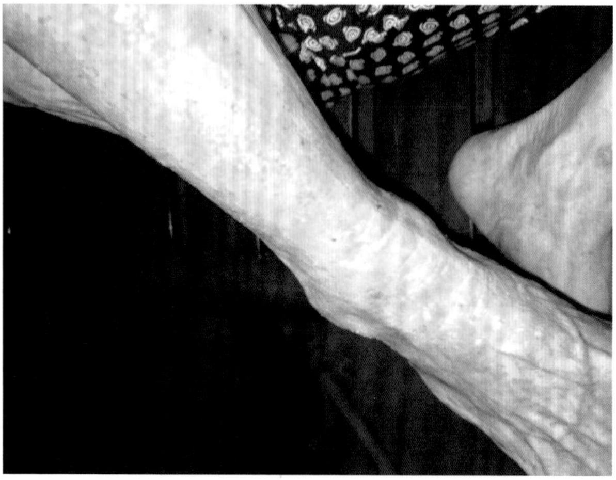

图 1–13　五诊皮肤状况

【六诊】2020 年 6 月 7 日。

红肿、渗液基本消失，稍有瘙痒（图 1–14）。

图 1–14　六诊：红肿、渗液基本消失

按语：患者被皮肤病折磨10年，痛苦难以言状。中医治病讲究平衡，对全身调理，就是要全身平衡。久治不愈的疾病，通过膏方调理往往能取得较好的疗效。患者有局部皮肤红肿，疼痛，渗出，先贤谓“湿则肿，热则痛”，故用当归拈痛汤清湿热。天冷则加重，先贤用人参败毒饮透表，故采用之。大便稀溏是脾阳虚，故用消风散健脾祛风止痒。《名医类案正续编》云：“肺气虚，则皮肤不泽。”皮肤粗糙为肺气虚，故用玉屏风散、补中益气汤、芪附桂枝五物汤补肺气。《黄帝内经》云：尺脉浮为伤肾。患者双尺脉浮，易醒，为肝肾阴虚，用四物汤合六味地黄丸合枕中丹。患者有高血压，用国医大师熊继伯师父惯用的天麻钩藤汤。治疗高脂血症，用健脾化痰清热的平胃散加味。药后病情迅速好转，患者十分满意。

第二章

膏方之道

一、中医膏方的适宜人群与不适宜人群

膏方属于“丸、散、膏、丹、酒、露、汤、锭”等传统剂型之一。它与汤药相比，只是制作方法不同，其组方原则是一致的。

《中医膏方学》指出：“膏方可以应用于各类慢性病、手术后恢复期、亚健康人群，以及体质偏颇需要调理的人群。”实际上膏方的适应人群可以大大扩宽。

《黄帝内经》云：“女子五七，阳明脉衰于上，面始焦，发始堕；男子五八，肾气衰，发堕齿槁。”说明女性35岁、男性40岁就开始走向衰老了，就应该开始养生防病了。《灵枢·天年》云：“五十岁，肝气始衰，肝叶始薄，目始不明。六十岁，心气始衰，苦忧悲，血气懈惰，故好卧。七十岁，脾气虚，皮肤枯。八十岁，肺气衰，魄离，故言善误。九十岁，肾气焦，四脏经脉空虚。百岁，五脏皆虚，肾气皆去，形骸独居而终矣。”按理来说，正常人从50岁开始，肝、心、脾、肺、肾依次衰退，这时要更加注意养生了。

而实际上，由于每个人的生活方式不同，先天禀赋不同，无论您年岁几何，若出现下列症状，就应预防过劳或者早衰，可以通过膏方进行调养。例如：晨起流鼻涕、怕风、怕冷，感冒要拖很长时间才好或经常感冒，容易咳嗽或者咳嗽难好，或者一换季就感冒、咳嗽，各种慢性鼻炎，或者皮肤粗糙或干裂，或嗅觉减退，或手足冷，或声音容易嘶哑，或动之则汗，这都是肺气虚。《灵枢·本神》云：“肺气虚，则鼻塞不利少气。”晨起流鼻涕、反复感冒、咳嗽、各种慢性鼻炎均为鼻塞不通的现象，都应从肺气虚论治。《名医类案正续编》云：“久咳不已，肺气虚弱也”；又云“肺气虚弱者，皮肤不泽也”。反过来讲，皮肤不润泽者，应从肺气虚来论治。正如《灵枢·脉度篇》云：“肺气通于鼻，肺和则鼻能知香臭矣。”因此，若嗅觉不灵，应从肺气虚论治。肺主皮毛，若手足冷，可以考虑从肺论治。

有手汗、唇黑、面色萎黄、不准时吃饭则头晕手软、饭后很想睡觉、饭后即大便、大便次数很多、大便先干后稀、大便溏、一吃凉性食物就便溏或腹痛、饭后腹胀且下午或晚上腹胀更甚、饮食稍不慎即腹泻、久泻、体位性头昏、疮口久不愈合、排大便无力、脚无力、腹部易肥胖、女人经期易腹泻、肌肉松弛，这都属于脾气虚或脾阳虚。李东垣在《脾胃论》中说，脾胃功能好的人是过时而不饥；而脾胃功能不好的

人，会纳差、嗜睡。脾其华在唇，因此，唇黑是脾气虚；脾主肌肉，所以，手上有汗且冬天为甚者，是脾气虚或脾阳虚；脾色为黄，因此面色萎黄是脾虚；饭后或下午、晚上为甚者为脾虚。脾喜温而恶寒，中午以后，阳气盛极转衰，阳气渐弱，因此，腹胀会在下午和晚上加重。《名医类案正续编》云："食已即便，脾胃虚也。"因此，饭后想大便是脾虚。《名医类案正续编》中记载，治大便溏，会用理中丸合六君子汤，表明大便溏是脾阳虚的表现。脾喜温而恶寒，有的人吃青菜都会咳嗽、腹泻，表明有脾阳虚。《名医类案正续编》记载："疮口不敛，脾气虚"，脾主肌肉，表明疮口久不愈合是脾虚所导致。《中医名言辞典》云："久泻，肛门不固，阳虚也"，是说明久泻不已是阳虚。排便无力，古人会用补中益气丸加肾气丸、肉苁蓉；脾虚水湿运化失司；脾虚往往会出现腹部易肥胖或行走无力；脾主肌肉，脾虚则水谷精微生化无源，出现肌肉松弛。

胸闷、胸痛、心慌、动之则汗、遇事胆小，这都是心的问题或心气血虚。《金匮要略》云："心气虚，其人则畏"，因此，胆小者应考虑是否有心气虚，汗为心之液，因此，动则汗者应考虑有心气虚。《黄帝内经》云："汗为心之液。"心气阴虚则心悸心慌，心阳不足夹痰、瘀、寒、郁可致胸痛胸闷。

肝区疼痛、指甲纹理粗糙、两眼干涩、头不由自主地摇、脚不由自主地晃动，这都是肝出了问题，是肝之阴血亏虚，虚风内动所致。甲为筋之余，肝主筋，因此，两眼干涩和视物模糊应考虑是否有肝阴虚；胆经循行于两肋，肝与胆相表里，因此，两肋痛，应考虑肝是否有问题。《黄帝内经》云："诸风掉眩，皆属于肝。"

性功能减退、耳鸣、记忆力减退、脱发、盗汗、手足心热及劳后疲倦，都是肾虚的表现。《名医类案正续编》云："痿为肾虚之明证。肾开窍于耳，主髓主发。"

女性如果月经不调，就要开始调理了。月经前期且量多，表明以血热为主兼有肾虚；月经前期且量少，表明以肾虚为主兼有血热；月经后期表明气血虚；经期腹泻为脾虚；经期易感冒为肺虚；经期前后腰、酸软为肾虚；少腹稍冷，经血稍暗是寒、虚、瘀；少腹寒冷，似有冷风吹，或少腹如扇形肿大，均是肾阳虚的表现；有黄带，表明有湿热；有阴痒，表明肝胆有热。

二、膏方的不适宜人群

《中医膏方学》云，膏方不适宜人群包括孕妇、婴幼儿（特指 4 岁以下）、肝炎、结核等传染病的活动期患者，以及各类疾病发作期患者。实际上，这一切都是相对的。著名的膏方学家朱抗美教授从上海来到广州讲课时，顺便给一个半岁的小孩开了一料白术膏，药后效果很好，表明用膏方的适宜年龄是相对的。现在出现了素膏，它实际上是将中药汤剂浓缩为膏，相当于吃的是中药，各类疾病的发作期患者、孕妇都是可以吃中药的，同样也可以吃素膏。所以，膏方的不适宜人群是相对的。

三、四季均可服膏方，均可开膏方

膏者，润泽也，膏方的作用有滋补与调养两方面。《膏方临证精讲》指出：“四季都可以服用膏方进补。”

春季膏方养生，以清补和平补为主，要顺应自然界春升的特点，同时要兼顾养肝柔肝。即春季要使肝条达，可适当加桑叶、菊花、枸杞、白芍等疏肝之品。

夏季膏方应以清热祛暑、益气生津为主，可适当加葛根、黄连、淡竹叶、淡豆豉等。夏季应用膏方也是冬病夏治的重要手段之一。夏天开膏方时，见到苔黄腻加甘露消毒丹，苔白腻加三仁汤。

长夏膏方的应用，应以清补通补为原则，以化湿和中为基本大法，注意养护脾胃，常用豆蔻、砂仁、藿香，阿胶味厚滋腻，有碍中运，不宜多用。

秋季开膏方要养阴润燥，可适当选养阴润燥的药，如沙参麦冬汤。

冬季侧重于滋补，主要是冬季的闭藏作用决定的。冬天可加一点温肾壮阳的药。

四、服药方法

1. 服药次数按主方的服用要求服

第三批全国中医优秀临床人才班的副班主任杨建宁老师对膏方服药次数一语道破，他说若以经方为膏方底方，则服药次数按经方的服药要求来服。如黄连阿胶汤，日三服；炙甘草汤，日三服；小建中汤，日三服；温经汤，日三服；茯苓四逆汤，日二服。桂枝类汤，服已须臾，饮热稀粥，温覆令一时许，微微出汗，不可汗出如水。

2. 服药时间要考虑主方药物组成而定

郝万山教授强调，服药的时间应按主方的药物组成而定，如金匮肾气丸若在晚上 9 时以后服，其补益作用还未体现出来时，利尿作用就会先表现出来，晚上会多尿。

五、为何要用胶类等血肉有情之品

《黄帝内经》云："形不足者，温之以气；精不足者，补之以味。"即形气虚弱的人，要服用温阳益气的药物；精血虚损的人，要服用龟甲胶、鹿角胶等血肉有情之品。

六、膏方辅料

膏方的辅料有胶类、糖类、黄酒、药食同源的药物、贵重药物。

膏方的收膏，要注意选择优质的阿胶、龟甲胶、鹿角胶，阿胶偏重补血，龟甲胶长于滋阴，鹿角胶专于补阳，需根据患者情况辨证选择使用。但对于体型肥胖，血脂、尿酸较高，慢性肾功能不全的患者可以适当减少胶类的用量，也可以用琼脂来代替。

糖在膏方当中同样是一个重要的组成部分，具有收膏、调味及相应的治疗作用。

对于糖的使用，也强调其针对性。脾胃虚寒者以饴糖、红糖为佳，阴虚有热者多选用冰糖、白砂糖。在使用过程中，见有血糖、血脂增高，形体肥胖等相关情况，用木糖醇代替。

黄酒可以溶解胶，也可以除去胶的腥味，又可以让膏方的颜色变得黄黄的。

药食同源的辅料，如核桃、黑芝麻；贵重药物也可以当辅料，如冬虫夏草、铁皮石斛。

一料膏方通常由 10 剂至 15 剂中药加辅料熬制成膏，可服 45 天左右。

膏方的基本作用是调补与治疗的有机结合。冬令进补，不能理解为温药进补。膏方处方中，要考虑使用补益、活血化瘀、抗风湿之剂对于脾胃功能的影响，注意顾护胃气、健脾疏利中药的运用。

七、他山之石（全国第八届中医膏方交流大会摘要）

上海的膏方引领全国，笔者有幸参加了 2016 年 11 月在上海中医药大学附属龙华医院举办的第八届中医膏方交流大会，现将其亮点汇报如下。

（1）膏方的作用是“求和图渐”，“急则治其标”不是它的任务。

（2）开膏方时一定要问患者是否是素食主义者，若要开素膏，千万不能加胶类！因为胶是由动物的皮做成的。（切记）

（3）100 克木糖醇甜度相当于 300 克糖的甜度。

（4）开膏方时，250 ~ 400 克的胶才是恰如其分的分量。因为胶多了，做出来的膏方会很硬；胶少了，膏方就很稀，不成膏。

（5）首届国医大师颜德馨之子说，他们每到冬至时，晚辈会给长辈送一料膏方，所以，膏方能体现礼以孝为先的礼仪文化。

（6）开膏方能达到补益疗疾、精充气旺神定的目的。

广义的神是指生命活动的总称。而狭义的神是指人的精神、意志、思维活动，要求静、要求定。《黄帝内经》云：“阴气者，静则神藏，躁则消亡”，这里的阴气是指人体五脏之气。“一阴一阳谓之道，偏阴偏阳谓之疾”，表明要阴阳平衡。养阳气靠运动，动以生阳，即运动能产生阳气。而阴气是如何产生的呢？《名医类案正续编》云：

“卧则阴气生”；《黄帝内经》云：“人卧则血归于肝，肝受血能视，足受血能步，掌受血能握，指受血能摄”。现在医学研究表明，人体平躺时，肝的血液回流量会增加25% ~ 30%。因此，要想办法让人睡好觉，以养阴气。而现实中，很多人睡眠质量不好，因此，睡眠质量成为评价现代人幸福指数的一项重要指标。

若能找到病因，进行病因治疗就能处理好失眠的状况。若无明显的病因，失眠可以简单地分为难入睡和易早醒两种情况，难入睡的人往往又伴有早醒。广州中医药大学第一附属医院的刘敏教授演讲时曾提到，台湾地区名医张步桃老先生治疗一个失眠几十年的患者时，张老先生说：“伤寒八九日，下之，胸满烦惊，小便不利，谵语，一身尽重，不可转侧者，柴胡加龙骨牡蛎汤主之”，药后，这名患者便能安然入睡了。对难入睡的患者，通常可用柴胡加龙骨牡蛎汤为主方。“阳入于阴谓之寐，阳出入阴谓之寤”，若易醒，应从阴虚阳亢论治，易醒的患者大多要补肝肾之阴虚，常用六味地黄丸或肾气丸加枕中丹。笔者曾遇到过一个阿姨，她很容易醒，晚上睡觉时听到楼下的吵闹声就会醒，连对门邻居开门的声音都会让她惊醒，找笔者开了两周药后，她反映睡眠质量好多了，有时半夜下大雨都不会被吵醒。难入睡的患者往往伴有易醒，应把柴胡龙骨牡蛎汤和六味地黄丸、枕中丹合用，并随症加减。现在难以入睡的患者越来越趋向低龄化，临床上发现有个 4 岁的小朋友出现了难入睡和易醒的情况，笔者治疗小孩跟大人的治疗方案是一样的，发现小孩药后能迅速见效。

（7）给老人开膏方一定要注意情志的调节。调理情志不单是让老人去游山玩水，更需要的是调理好内脏的虚实。《黄帝内经》云：“人有五脏化五志，以生喜怒忧悲恐。”因此，人的情志是由五脏的虚实决定的，如肝气虚则恐，实则怒；心气虚则悲，实则笑不休。人体五脏的虚实调节到平衡的状况，它的情志也会恢复到平和的状态。

（8）补益虚损要注意五脏之间的相互关系。如久咳不愈，除了考虑寒、热、燥、痰外，还应考虑是否与五脏六腑相关。《黄帝内经》云：“五脏六腑皆令人咳，非独肺也”；同时，还应记住《名医类案正续编》的提醒：“久咳不已，肺气虚也”。所以，针对久咳不愈的患者，治疗思路至少要想到三个方面：第一，补肺；第二，是否与其他脏腑相关；第三，咳的属性。笔者诊治过一个四岁的小女孩，她咳嗽两年多了，其中有一年是天天都在咳嗽，一天也没停过药，家长代诉小孩受冷风就咳得弯腰屈背，平时走两步路都会出汗，晚上也有盗汗，少气懒言，看电视也要趴着看，不敢和其他小朋友一起玩耍，易受惊。舌苔黄腻，结合其症状表现，笔者的诊疗思路为久咳不已，肺气虚也，可用补中益气汤加玉屏风散合黄芪桂枝五物汤来补肺脾，用《医学心悟》止咳通方——止嗽散止咳；冷风一来，咳得弯腰屈背，表明咳已伤肾；盗汗表明阴虚；动之则汗，表明气虚；易受惊，表明心气虚；苔黄腻，表明有湿热。举例如下。

小儿慢性咳嗽验案

李某，女，4岁。

【初诊】2016年12月22日。

【主诉】咳嗽2年，加重1年。

【病史】2年前开始出现咳嗽，曾在多家医院治疗，均只能暂时控制。咳嗽1年一直未好过，家中堆满了各种药物，家长非常担忧，遂来求治。

现症：咳嗽、喉痒、流涕，晨起咳甚，受冷空气则咳得弯腰喘不过气，动则咳甚，盗汗，动之则汗，易发脾气，不敢与人接触，懒床，看电视时要趴着看，易受惊吓，喜吃凉性食物。舌质淡红，苔薄黄腻，左尺脉偏浮。

【诊断】咳嗽（肺气虚、肾阳虚、心气虚夹湿热）。

【方药】止嗽散合麻黄连翘赤小豆汤、当归六黄汤、六味地黄丸、定志丸、枕中丹。

【二诊】2016年12月23日。

信息随访得知，患儿服药后，跑跳活动后咳嗽稍减轻。但诉药很难饮，故拟桂枝加厚朴杏仁汤合玉屏风散、防己黄芪汤、黄芪龙牡汤、生脉饮、半夏厚朴汤、东垣人参饮子，予服。

【三诊】2016年12月24日。

信息随访，患者咳嗽减轻，但咳嗽时痰变多。效不更方。

【四诊】2016年12月24日。

信息随访，其母代诉，药后情况非常好，只是偶尔有点咳。外出玩时淋了雨，还吃了汉堡包和巧克力，平时会很咳，今天没咳。胆小症状减轻，坐出租车，已敢和出租车司机打招呼了。效不更方。

【五诊】2016年12月25日。

信息随访，其母代诉，咳嗽明显减轻，跑跳均可，只偶尔咳几声。效不更方。

【六诊】2016年12月28日。

信息随访，其母代诉，用药后出汗明显减少，心情很好，胆量比以前大了，但晨起咳嗽最厉害，有时鼻塞。考虑应加强温阳散寒药。

【七诊】2016年12月29日。

守2016年12月23日方加甘草附子汤。

【八诊】2016 年 12 月 30 日。

信息随访，其母代诉药后咳嗽明显减轻，仅晨起咳了几声。效不更方。

【九诊】2017 年 1 月 2 日。

信息随访，其母代诉，诸症好转，只偶尔咳嗽几声。效不更方。

【十诊】2017 年 1 月 4 日。

信息随访，其母代诉，咳嗽基本痊愈，不怎么出汗，睡眠也变好，脾气也不那么急躁了，其母连声道谢！

【十一诊】2017 年 1 月 5 日。

咳嗽止，诸症好转，性格变得开朗阳光、精神好。舌质淡红，苔薄黄，左尺偏浮。

守 2016 年 12 月 29 日方加六味地黄丸。

按语：《黄帝内经》云：“五脏六腑皆令人咳，非独肺也。”表明治久咳不愈，应考虑是否是其他脏腑也出了问题！古人云：“伤风不醒便作痨”，表明久咳会导致人体正气亏虚，《黄帝内经》云：“肺主气，肺为气之主，肾为气之根”，久病及肾。因此要考虑有哪些因素导致咳嗽不愈，又要考虑久咳是否导致了其他脏腑出现了虚损。

导致咳的诸多因素及处理方案。早晨属少阳，晨起即咳，表明阳气不足；反复咳嗽不愈且易感冒，表明肺气虚，故用黄芪桂枝五物汤合玉屏风散来固表益气；久咳不愈，《伤寒论》云：“喘家作，桂枝汤加厚朴、杏子佳”，故用桂枝汤加厚朴杏仁；受冷即咳，不耐寒湿，表明肺气虚，宜固表祛寒和温阳散寒，故用防己黄芪汤合甘草附子汤。

久咳导致脏腑虚损。盗汗表明阴虚，先用李东垣的盗汗方当归六黄汤，因觉味苦，再换后世验方黄芪龙牡汤，盗汗和自汗均可得到控制。《黄帝内经》云：“心气虚则畏”，怕与人打交道，在背后突然叫她名字都会受到惊吓，表明心气已虚，故用生脉饮来益气养阴；跑跳则咳甚，表明气虚；易烦躁，左尺脉浮，表明肾阴虚。《金匮要略》云：“尺脉浮为伤肾”，故用李东垣的人参饮子，大补气阴，药后精神即恢复。

久病及肾，虚则补之，补则缓之，肾为气之根，因此，不能立即停药，在有效方药的基础上加六味地黄丸补肾，持续吃一个月，以期长治久安。

（9）膏方为大方研究的切入点。国医大师裘沛然说：“膏方为大方研究的切入点”，上海人把《方剂学》上的方叫小方，而把膏方的方叫大方。

（10）关于开路方：在吃膏方之前，先吃中药两周适应一下，膏方就会开得比较准，这句话非常重要！实际上，这句话是关于开路方的最佳论述，要想让一料膏方起到补益和治疗的双重功效，防止服药过程中出现不良反应，最好将膏方底方给患者服用两周左右的时间，在患者有明显疗效，且没有出现副作用的情况下，加入时令药（春疏肝，夏祛湿热，秋滋阴，冬温补）辅料制作成膏，这样开出来的膏方是比较对症的。

（11）服膏方过程中若出现了新的症状，可以加点药。即服用膏方时要注意当下症候！国医大师颜德馨有一次吃了膏方后有点咽喉不适，和制药厂协商后，在原来的膏方基础上又加入了几味药，然后膏方吃起来就舒服了。在服用膏方过程中，最常见的不良反应有两种，第一，太过温燥所致的咽喉疼痛；第二，太过寒凉所致的腹泻。膏方太温燥的原因可能是制膏过程中没有选用超过 2 年时间以上的陈胶，或者是前两周刚吃的滋补之品还在适应过程中。处理方法：前两周可多吃点青菜和凉性水果，也可以适当减量服用膏方，或者在膏方内加点大黄颗粒（每剂 3 ～ 5 克），若实在太温燥（实热），可加吃黄连上清丸（膏方可停一周）；针对服用膏方后出现寒凉症状的患者，可以服用附子理中丸。

（12）“急则治其标”不是膏方的任务，要想起效快，可以吃中药颗粒或汤剂。

（13）膏方可以将养生和治未病结合。

（14）膏方的应用误区

1）动物膏越用越多

王庆其教授在拜访了很多擅长开膏方的老教授后，得出一个结论：一料膏方中胶类的最佳剂量为 250 ～ 400 克。

2）性味秽浊之品进膏方时，量要少

膏方强调口味好，性味秽浊之品多了会影响口感。同时，龙胆草实在太苦了，而虫类药味道也不怎么好，开膏方时，建议尽量少用或将剂量减少。

八、用颗粒做膏方更省时

使用传统中药饮片制膏方要 3 ～ 4 天时间，而用颗粒只需要 3 小时左右就可以制成膏方。且颗粒提取浓度比传统中药高，质量更稳定，还能避免霉变、虫咬、受潮等现象，因此，笔者建议大力推广颗粒剂。

曾有一个卒中后遗症患者，吃了两周颗粒剂后，手能抬得更高了，改吃中药汤剂

2个月后说其家中还有几剂饮片未吃，他觉得颗粒比汤剂疗效更好，因此，笔者推崇用颗粒剂。

九、素膏和少胶的膏方令人眼前一亮

正规胶量（250 ~ 400 g）的一料膏方，价格在6000元左右，这对于普通老百姓来说，价格上有点吃不消。所以，相对便宜的素膏和少胶膏方的出现令人眼前一亮。素膏就是将中药汤剂浓缩成膏，再加点糖类调味；少胶的膏方，就是在每剂中药中放少量胶做成的膏方。中山大学附属第三医院中医科主任杨宏志教授说，他所开的每料膏方虽然只放几十克胶，但治疗效果同样很好，因为胶类含有脂质体，将药物包裹起来后能让药物持续起效。

十、院内协定膏方宜大力推广

院内协定膏方宜大力推广，如果一家医院有几个家喻户晓的协定膏方，那么医院的品牌效益会大大提高。

儿科可推出小儿感冒难愈和咳嗽难愈的膏方，也可以推出小儿厌食的膏方。小儿是纯阳之体，很容易上火，做膏方时可加泻黄散，防止膏方太热。

妇科可以推出治疗宫寒、痛经、乳腺小叶增生、子宫肌瘤、产后脱发等膏方。

内科可推出降尿酸膏方、减肥或者增肥膏方、手足冰冷膏方、失眠膏方、行走乏力膏方、头痛膏方。

此外，治未病可推出八种异常体质膏方；骨科可推出治疗腰椎间盘不适、颈部不适的膏方；皮肤科可推出治疗痤疮的膏方。

第二章

开方之道

『道』就是规律，开方之道就两句话，第一句是《黄帝内经》所云『谨察阴阳所在而调之，以平为期。』诊疗就是用药物的偏性来纠正身体的偏性，几乎每个人身上都有几个问题（证），治一个问题就是局部平衡，若要整体治疗，就是要整体平衡；第二句话是《伤寒论》云『观其脉证，知犯何逆，随证治之』。就是通过四诊合参，了解病位、病机、病势，有什么证就开什么方。

一、怎样辨阴虚与阳虚

关于阳虚和阴虚的论述，火神派的祖师爷郑钦安论述得最好。

（1）辨认一切阳虚证法

凡阳虚之人，阴气自然必盛。外虽现一切火症，近似实火，俱当以此法辨之，万无一失。

阳虚病，其人必面色唇口青白无神，倦卧，声低息短，少气懒言，身重畏寒，口吐清水，饮食无味，舌青滑，或黑润青白色，或淡黄润滑色，满口津液，不思水饮，饮亦喜热汤，二便自利，脉浮空，细微无力，自汗肢冷，爪甲青，腹痛囊缩。种种病形，皆是阳虚的真面目，用药当扶阳抑阴。

然又有近似实火处，又当指陈。阳虚证，有面赤如朱而似实火者，有脉极大劲如石者，有身大热者，有满口齿缝流血者，有气喘促、咳嗽痰涌者，有大、小便不利者。此处略具一二，再往阳虚门问答便知。

（2）辨认一切阴虚证法

凡阴虚之人，阳气自然必盛。外虽现一切阴象，近似阴虚证，俱当以此法辨之，万无一失。

阴虚病，其人必面目唇口红色，精神不倦，张目不眠，声音响亮，口臭气粗，身轻恶热，二便不利，口渴饮冷，舌苔干黄或黑黄，全无津液，芒刺满口，烦躁谵语，或潮热盗汗，干咳无痰，饮水不休，六脉长大有力。种种病形，皆是阴虚的真面目，用药当益阴以破阳。

然亦有近似阳虚者，历指数端。阴虚证，有脉伏不见，或细如丝，而若阳虚极者，有四肢冷如冰，而若阳绝者，有忽然吐泻，大汗如阳脱者，有欲言不能，而若气夺者。

按语：阴虚证皆缘火旺，火盛则伤血，此千古不易之理。后贤专以火立论，而阴虚证之真面目尽掩矣。仲景存阴、化阴、育阴、救阴之法俱废，无人识矣，今特证之。

关于阴虚和阳虚，明代医家赵献可在《医贯》中一语道破，他说在肾阴虚的基础上还有怕冷的症状，就是肾阳虚。

二、如何辨五脏的虚实

开膏方时，要注意辨五脏的虚实。《灵枢·本神》云："肝气虚则恐，实则怒；脾气虚则四肢不用，五脏不安，实则腹胀经溲不利；心气虚则悲，实则笑不休；肺气虚，则鼻塞不利少气，实则喘喝胸盈仰息；肾气虚则厥，实则胀，五藏不安。"

金元四大家之一的刘完素云"夫术之与法，悉出《黄帝内经》之玄机"。《黄帝内经》所总结出来的规律在临床上通常可以重复！经云"肺气虚，则鼻塞不利少气"，这句话就是治疗各种慢性鼻炎及感冒难愈、咳嗽难愈的宝典。这类患者的共同特点就是适应寒温变化的能力差，实际上就是肺气虚。因此，在治疗这类患者时，无论急性发作期还是缓解期，都应加入补肺补脾的药，几乎人人有效。曾治疗一个患过敏性鼻炎10多年的男孩，服补肺补脾中药1个月便痊愈，服药2个月后，家属送来一面锦旗。

睡时打呼噜，西医诊断为睡眠呼吸暂停综合征，这个病按《黄帝内经》理论是肺气实所致，采用清肺热的办法，用定喘汤可见效。病情轻者，用半剂量，病情重者，用全剂量。

三、调五脏应按《素问》五脏生成篇第十所总结的规律

"心之合脉也，其荣色也，其主肾也。肺之合皮也，其荣毛也，其主心也。肝之合筋也，其荣爪也，其主肺也。脾之合肉也，其荣唇也，其主肝也。肾之合骨也，其荣发也，其主脾也。"

开膏方要牢记《素问》五脏生成篇所揭示的规律。心，其主在肾，即治疗心脏的疾病时，要同时治疗肾脏。肺，其主在心，即治肺脏的疾病时，要同时治心，如针对慢阻肺所导致的咳嗽和气喘，若是寒瘀互结，加桂枝茯苓丸效果会更好；若是热瘀互结，加千金苇茎汤效果会更好。肝其主在肺，即治疗肝脏的疾病，要加一点治肺的药，如逍遥丸中的薄荷和柴胡类方中的生姜均是入肺经的药，用后效果更好，特别是针对肝硬化失代偿所致的腹水和黄疸的患者，用了入肺经的药后，腹水消退快，稳定性

强，因为肺为水上之源。脾，其主在肝，即治脾脏的疾病时，要加一点疏肝的药效果更好，如补中益气汤中的柴胡就是入肝经的药。肾，其主在脾，即补肾时，要加一点补脾的药，如古人治疗足跟痛时，会在补肾的六味地黄丸或肾气丸基础上，加入补脾的补中益气汤。

四、开膏方要善用经方和经典，经方和经典是循证医学的结晶

世界上公认的第一本循证医学的专著是《伤寒杂病论》，所选方剂只要病机吻合，就一定有效，即方证对应。经典所总结出来的规律是可以重复的，如碰伤多年后仍感觉疼痛，西医又找不出原因的时候，这时按《黄帝内经》肝主筋膜之气的理论，用膈下逐瘀汤屡试屡效：曾有一个47岁的三峡移民，他7岁时从树上掉下来出现了背痛，一直疼了40年，每年春天疼痛加重，劳累后及心情不畅时也会加重，大便黏滞不爽，尺脉浮弦，以膈下逐瘀汤为主方，加大柴胡汤和六味地黄丸，七剂药后疼痛再也没有复发了。如治疗表里阳虚且有寒湿的患者，很怕冷且要穿很多衣服，选用甘草附子汤就一定有效；如治疗头面浮肿的患者，用“面肿为风”的理论，采用五皮饮加越婢加术汤就一定有效；而治疗下半身水肿的患者，运用“足肿为水”的理论，采用五皮饮加五苓散（有肾阳虚者加真武汤）就能见效。2014年，笔者岳父在湖南过清明节时，出现了失语、流口水、不能行走等中风症状，想到《金匮要略》所载《古今录验》续命汤云“治中风痱，身体不能自收，口不能言，冒昧不知痛处，或拘急不得转侧”。开了《古今录验》中的续命汤加附子理中丸（平素有脾阳虚）。当天吃了六次汤药后，第2天他就能起床刷牙；药后第4天就能外出到私人诊所测血压；药后第7天就能坐火车回广东；服药1个月后复查，已没有任何中风后的症状。2016年7月，笔者岳父因脑梗死中风后出现两手温度不等，就想到了《金匮要略》记载：“阳气不通则身冷”，用了当归四逆汤和补阳还五汤，一周后两手温度相等了；他又出现了眼肿，舌苔黄腻，左尺脉浮弦《黄帝内经》云：“尺脉浮弦为伤肾”，用了具有清热利湿养阴、祛风胜湿功效的消风败毒饮，三天后眼肿消失，证明《黄帝内经》所云“面肿为风”是正确的。2016年9月，笔者岳父再次出现中风，出院后肢体仍活动不利，夜尿每晚7 ~ 8次，走路无力且不能支撑起床，再次用《古今录验》续命汤为主方，加五痿汤合缩泉丸，

2016年11月身体恢复如初。2017年笔者岳父再次出现大面积脑梗死（梗死面积为6.2 cm×2.5 cm），出现了左腿明显肿胀，阴囊肿如皮球，B超提示有血栓，用华法林溶栓出现了胃出血，差点危及生命，后来想到古代的中医哪里知道血栓，就完全按中医的思路进行治疗。联想起护工阿姨说，岳父每天的大便次数是7～8次，从胃管打进食物后10分钟左右就要排大便了。这时，立马想起《中医名言辞典》云："久泻，肛门不固，阳虚也"，遂决定要用附子理中丸，同时决定水肿也从阳虚论治，于是加用了真武汤合五苓散。服药1天后，阴囊水肿消失了，且没复发；药后3天，左腿水肿也消失且未复发。通过诊治岳父和大量患者，发现只要证对上了，方的效果很明显！只要病机吻合了就效果好！经典理论所总结出来的规律是完全可以重复的，经方和名方的神奇疗效是完全可以重复的。

五、注意经方剂量比

中医的疗效，取决于诊断正确、选方对证、用药合理，也取决于药物之间的剂量比。一代宗师岳美中曾感慨道："中医不传之秘在于量。"在中医方剂里，用同样的药物，仅用量不同而主治有异，甚至方名都不同。如同是大黄、厚朴、枳实三药组成之方，重用大黄为君者称为小承气汤，重用厚朴为君者称为厚朴三物汤，前者用以治疗阳明腑实证，后者用来治疗腹满便秘者。此外，还要注意一些方剂的特殊用量。例如：①四逆散和桂枝茯苓丸各药均为等剂量；②三个泻心汤中的黄芩均为黄连的3倍；③厚朴生姜半夏甘草人参汤中厚朴和生姜的剂量是人参的8倍；④金匮肾气丸中肉桂和附子的剂量是熟地的1/8。

六、要善于叠用小方

程钟龄在《医学心悟》中非常强调方剂的叠用，举隅如下。

胸痛：小柴胡汤加枳壳合小陷胸汤；

补气：补中益气汤合肾气丸；

补阴：四物汤合六味地黄丸；

肝郁：逍遥丸合越鞠丸；

祛痰：二陈汤合六君子汤；

国医大师熊继柏教授治手足冰冷：当归四逆汤合补阳还五汤；

岭南名医黄仕沛治不完全肠梗阻：厚朴生姜半夏甘草人参汤合小承气汤。

七、要善于运用名医治病的经验

国医大师熊继柏教授能背几千首方剂，但他从不用自拟方。《医学心悟》云：“天地之道，有开就有合。开方之道，有补就有泻。”古人的方完全按《黄帝内经》的组方原则进行组方，已考虑了补泻。如五子衍宗丸中除了四味补药外，还有一味利水的车前子，这可能是熊老不用自拟方的原因。熊老除了不用自拟方外，还有很多行之有效的经验，如治疗磨牙用栀子芩连温胆汤加天麻、钩藤、僵蚕；治疗头痛，头重难忍，用散偏汤加天蝎散；轻微头痛用散偏汤。

八、关于开路方

患者服用膏方前，原则上需要先开 2 周左右的开路方。目的有二：其一，健运脾胃，通利肠道以便促进膏方的吸收；其二，试探疗效后调整，为正式配制膏方打下基础。

开路方大概有以下几种情况。

（1）先吃萝卜半个月。

（2）大柴胡汤（无寒者）。

（3）开门方：柴胡 24 g、黄芩 9 g、枳实 10 g、炙甘草 10 g、赤芍 10 g、白芍 10 g、山楂 10 g、鸡内金 10 g、麦芽 10 g（源于郝万山《伤寒论》）。

（4）消导药——保和丸。

（5）笔者认为，初开膏方者，可以用治病时疗效显著的方为底方，直接加膏方辅料和时令药方做成膏方，这样可确保疗效，也可以少走弯路。

九、有什么证就开什么方，有多少个证就开多少个方

1. 通过问诊，了解患者的证候

“一问寒热二问汗，三问头身四问便，五问饮食六胸腹，七聋八渴俱当辨，九问旧病十问因，再兼服药参机变，妇人尤必问经期，迟速闭崩皆可见，再添片语告儿科，天花麻疹全占验。”《十问歌》对开膏方时准确把握病情很有帮助。例如：恶寒，外感的恶寒是怕大风吹，内伤的恶寒怕门隙中的小风吹；一进空调房就畏寒是表阳虚夹风湿，防己黄芪汤主之；冬天手足冰冷且多衣，是血虚寒凝或表里阳虚夹有寒湿，当归四逆汤主之或甘草附子汤主之；手足冰冷，附子汤主之；手足冰冷且不多衣，是阴阳气不相顺接及导致循环不好，四逆散主之；妇人少腹轻微冷痛，是寒、虚、瘀所致，温经汤主之；若少腹如冷风吹或要用暖宝宝这是少阳阳虚证，附子汤或《傅青主女科》温胞饮主之。

2. 脉诊可测知患者未说出的证与症状

南方医科大学杨运高教授说一千个中医只有三个人会摸脉，因此，各个医院应大力推广红外热成像仪。

3. 借助经络检测仪可以了解有什么证。

4. 医用红外热成像仪让辨证更准确

医用红外线成像仪通过检测五脏六腑及相关部位的温度是否有异常改变，从而测知五脏六腑的虚实。

5. 体质

体质是人体某一阶段相对稳定的阴阳偏颇的代谢特征，2009 年中华中医药学会颁布九种体质的辨识标准，按照人体的阴、阳、气、血、津液的偏颇失衡状态划分为九种体质。即平和质、阳虚质、气虚质、血瘀质、痰湿质、阴虚质、湿热质、气郁质、特禀质。

采用红外热成像检测技术研究九种体质，发现不同体质人群热结构的差异，成为

辨识九种体质的另一种客观方法和手段。

（1）平和体质人体热结构特征：体形匀称，全身热源分布均匀，督脉高热连续等表示五脏功能正常，为平和质。

形体特征：体形匀称健壮。

常见表现：面色、肤色润泽，头发稠密有光泽，目光有神，鼻色明润，嗅觉通利，唇色红润，不易疲劳，精力充沛，耐受寒热，睡眠良好，胃纳佳，二便正常，舌色淡红，苔薄白，脉和缓有力。

心理特征：性格随和开朗。

发病倾向：平素患病较少。

对外界环境适应能力：对自然环境和社会环境适应能力较强。

（2）气虚体质人体热结构特征：形体无特异，瘦人居多，大腹凉偏离或者下焦（小腹）凉偏离，督脉热值下降。

总体特征：元气不足，以疲乏、气短、自汗等气虚表现为主要特征。

形体特征：肌肉松软不实。

常见表现：平素语音低弱，气短懒言，容易疲乏，精神不振，易出汗，舌淡红，舌边有齿痕，脉弱。

心理特征：性格内向，不喜冒险。

发病倾向：易患感冒、内脏下垂等病；病后康复缓慢。

对外界环境适应能力：不耐受风、寒、暑、湿邪 。

（3）阳虚体质人体热结构特征：形体无特异，胖人居多，中焦或下焦（胃或大腹小腹）凉偏离，督脉热值下降。四肢末端不温，口唇面颊凉偏离。

总体特征：阳气不足，以畏寒怕冷、手足不温等虚寒表现为主要特征。

形体特征：肌肉松软不实。

常见表现：平素畏冷，手足不温，喜热饮食，精神不振，舌淡胖嫩，脉沉迟。

心理特征：性格多沉静、内向。

发病倾向：易患痰饮、肿胀、泄泻等病；感邪易从寒化。

对外界环境适应能力：耐夏不耐冬；易感风、寒、湿邪。

（4）阴虚体质人体热结构特征：形体消瘦，脂肪不足，上下焦（肺、脾、肝、肾）热偏离，任脉热值大于零，手心、膻中穴热偏离。

总体特征：阴液亏少，以口燥咽干、手足心热等虚热表现为主要特征。

形体特征：体形偏瘦。

常见表现：手足心热，口燥咽干，鼻微干，喜冷饮，大便干燥，舌红少津，脉细数。

心理特征：性情急躁，外向好动，活泼。

发病倾向：易患虚劳、失精、不寐等病；感邪易从热化。

对外界环境适应能力：耐冬不耐夏；不耐受暑、热、燥邪。

（5）痰湿体质人体热结构特征：身体表面寒热不均，大腹凉偏离，督脉温度下降，四肢末端温度增高。面部红热为高血压征兆。

总体特征：痰湿凝聚，以形体肥胖、腹部肥满、口黏苔腻等痰湿表现为主要特征。

形体特征：体形肥胖，腹部肥满松软。

常见表现：面部皮肤油脂较多，多汗且黏，胸闷，痰多，口黏腻或甜，喜食肥甘甜黏，苔腻，脉滑。

心理特征：性格偏温和、稳重，多善于忍耐。

发病倾向：易患消渴、中风、胸痹等病。

对外界环境适应能力：对梅雨季节及湿重环境适应能力差。

（6）气郁体质人体热结构特征：梅核气，肝郁证，气滞血瘀。

总体特征：气机郁滞，以神情抑郁、忧虑脆弱等气郁表现为主要特征。

形体特征：形体瘦者为多。

常见表现：神情抑郁，情感脆弱，烦闷不乐，舌淡红，苔薄白，脉弦。

心理特征：性格内向不稳定、敏感多虑。

发病倾向：易患脏躁、梅核气、百合病及郁证。

对外界环境适应能力：对精神刺激适应能力较差；不适应阴雨天气。

（7）湿热体质人体热结构特征：经常身体局部红肿热痛，大肠湿热证。

总体特征：湿热内蕴，以面垢油光、口苦、苔黄腻等湿热表现为主要特征。

形体特征：形体中等或偏瘦。

常见表现：面垢油光，易生痤疮，口苦口干，身重困倦，大便黏滞不畅或燥结，小便短黄，男性易阴囊潮湿，女性易带下增多，舌质偏红，苔黄腻，脉滑数。

心理特征：容易心烦急躁。

发病倾向：易患疮疖、黄疸、热淋等病。

对外界环境适应能力：对夏末秋初湿热气候，湿重或气温偏高环境较难适应。

（8）血瘀体质人体热结构特征：心脉痹阻，下肢静脉曲张，瘀阻胞宫。

总体特征：血行不畅，以面色晦暗、舌质紫黯等血瘀表现为主要特征。

形体特征：胖瘦均见。

常见表现：面色晦暗，色素沉着，容易出现瘀斑，口唇黯淡，舌黯或有瘀点，舌下络脉紫黯或增粗，脉涩。

心理特征：易烦，健忘。

发病倾向：易患癥瘕及痛证、血证等。

对外界环境适应能力：不耐受寒邪。

（9）特禀体质人体热结构特征：体表热源呈皮肤花斑样改变。

总体特征：先天失常，以生理缺陷、过敏反应为主要特征。

形体特征：无特殊表现。

常见表现：平素无症状，遇到过敏源时常见哮喘、风团（荨麻疹）、皮肤肿胀、咽痒、鼻塞、喷嚏、腹泻等；患遗传性疾病者有垂直遗传、先天性、家族性特征。

心理特征：敏感。

发病倾向：致敏脏器的损伤，如肺纤维化、皮肤湿疹、慢性鼻炎或鼻甲肥大、非特异性肠炎等。

对外界环境适应能力：适应能力差。

（10）红外热成像检测的优点：绿色安全，检测简单，无痛苦，检查全面快速，反应灵敏，精确度高，高清晰度彩色图像，信息自动保存，温变早于病变，预示人体健康。

实践证明，人体组织器官的器质性病变要疾病发展到一定程度才会出现。事实上，在组织器官出现结构和形态变化之前，病灶区已经出现温度变化，其变化的形状和范围大小就反映了疾病的性质和严重程度。因此通过采集温度变化的信息，便可提前发现阳性改变，对人体健康有预警作用。

红外热像仪可以帮助人们了解五脏六腑的虚实，可以弥补摸脉不准或者搜集四诊资料不完整而留下的漏诊遗憾。

6. 听声音可以了解病在何脏

五音对五脏，即肝、心、脾、肺、肾分别对应呼、笑、歌、哭、呻。

王洪图老师在讲《黄帝内经》时提到，有一个患者总是不由自主地唱歌，他从《黄帝内经》五音对五脏的理论得到启发：喜歌者往往脾有热，用泻黄散而愈之。

每一个患者都不是单一的证，往往都是复合证型。因此，在临床上要仔细、全面地了解病情（观其脉证）；准确把握病机（知患何逆）；开方时既要抓住重点，又要面面俱到（随证治之）；让身体恢复到阴阳平衡状况。可以采取有什么证开什么方，有多少证开多少方的方法，这样往往可以达到症状和体征的改善、实验室指标及影像指标的改善，中医的疗效就能充分体现出来。

验案分析

（1）鼓胀验案

郭某，男，55岁。

【初诊】2018年5月15日。

【现病史】半年前无明显诱因出现腹胀，1个月前出现脚肿伴身目发黄，遂来求治。现症：腹胀如鼓，脚肿，身目发黄，喜热饮，大便有时黏滞不爽，难入睡，易醒，脚有汗，饮食不慎则腹泻，晨起抽烟则打喷嚏，易乏力，尿黄，舌质淡红，苔薄黄腻，双尺脉浮弦、左关弦甚，右关弦。

【既往史】饮酒15年，每天饮600～1200毫升29度酒。

B超：腹腔大量积液、肝硬化、脾大（2018年5月16日）。

实验室检查见表3-1。

表3-1 实验室检查结果

编号	项目名称	结果	单位	参考值
ALT	丙氨酸氨基转移酶	35.00	U/L	0～40
GGT	谷氨酸转肽酶	293.50	U/L	5～54
ALP	碱性磷酸酶	108.40	U/L	45～132
T-PRO	总蛋白	71.32	g/L	60.0～83.0
ALB	白蛋白	31.97	g/L	35.0～55.0
GLB	球蛋白	39.35	g/L	20.0～35.0
A/G	白蛋白/球蛋白	0.81	ratio	1.30～2.50
TBiL	总胆红素	182.68	μmol/L	1.7～20.5
DBiL	直接胆红素	71.78	μmol/L	0.0～6.0
IBiL	间接胆红素	110.90	μmol/L	0.0～14.0
TBA	总胆汁酸	299.87	μmol/L	0.0～12.0

【中医诊断】鼓胀（脾虚夹湿热、肝郁、肺气虚、肾阴虚）。

【西医诊断】肝硬化失代偿期。

【治法】健脾、清热利湿退黄、疏肝、补肺气、滋肾阴。

【方药】中满分消丸合茵陈五苓散、五皮饮、柴胡加龙骨牡蛎汤、人参饮子、四物汤、六味地黄丸合枕中丹、补中益气汤、黄芪桂枝汤、玉屏风散。

初诊时患者情况见图 3–1。

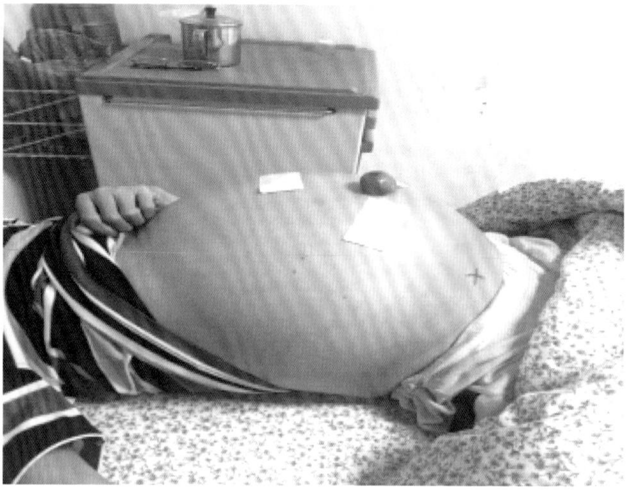

图 3–1　初诊：腹胀

【二诊】2018 年 6 月 12 日。

腹胀明显减轻、自觉腹部如常，身目发黄明显减退（图 3–2）；住院 1 周，脚肿即消；易入睡，仍易醒；纳可，近 1 周饮食不慎也未出现腹泻；精神好转，近 1 周大便已不黏滞，舌质淡红，苔薄黄腻，脉双尺略浮，左关略弦甚，右关弦。效不更方。

【三诊】2018 年 6 月 15 日。

患者住院 1 个月，诸症好转，白蛋白已连续两次转为正常，总胆红素由 182.68 μmol/L 降为 65.85 μmol/L（表 3–2）。

图 3-2　二诊：腹胀减轻

表 3-2　2018 年 6 月 14 日检验结果

编号	项目名称	结果	单位	参考值	检验方法
AST	天冬氨酸氨基转移酶	68.10	U/L	0 ~ 40	
ALT	丙氨酸氨基转移酶	41.80	U/L	0 ~ 40	
AST/ALT	天冬 / 丙氨酸转移酶	1.63	ratio		
GGT	谷氨酰转肽酶	98.90	U/L	5 ~ 54	
ALP	碱性磷酸酶	92.10	U/L	45 ~ 132	
T-PRO	总蛋白	77.58	g/L	60.0 ~ 83.0	
ALB	白蛋白	35.26	g/L	35.0 ~ 55.0	
GLB	球蛋白	42.32	g/L	23.0 ~ 35.0	
A/G	白蛋白 / 球蛋白	0.83	ratio	1.30 ~ 2.50	
TBiL	总胆红素	65.85	μmol/L	1.7 ~ 20.5	
DBiL	直接胆红素	21.49	μmol/L	0.0 ~ 6.0	
IBiL	间接胆红素	44.36	μmol/L	0.0 ~ 14.0	
Na	血清钠	125.00	μmol/L	136.00 ~ 146.0	
K	血清钾	4.56	μmol/L	3.50 ~ 5.30	
Cl	血清氯	96.00	μmol/L	96.00 ~ 106.00	
Ca	血清钙	2.18	μmol/L	2.08 ~ 2.80	

住院期间肝功能变化情况见表 3-3。

表 3-3　肝功能变化情况

标准编码	项目名称	当前结果	参考值	20180610	20180606	20180603	20180603	20180527	20180524	20180521	20180519	20180618	20180517	20180516
AST	天冬氨酸氨基转移酶	68.10	0 ~ 40	92.20	102.90		133.30	141.50	150.60	144.90	127.20		113.90	
ALT	丙氨酸氨基转移酶	41.80	0 ~ 40	46.40	45.50		48.50	47.60	45.80	40.40	34.50		30.60	35.00
AST/ALT	天冬 / 丙氨酸转移酶	1.63		2.00	2.26		2.75	2.97	3.29	3.59	3.69		3.72	
GGT	谷氨酰转肽酶	98.90	5 ~ 54	111.60	127.40		141.70	158.80	184.50	217.20	217.60		247.00	293.50
ALP	碱性磷酸酶	92.10	45 ~ 132	97.40	82.60		84.30	66.10	68.40	74.50	83.50		89.80	108.40
T-PRO	总蛋白	77.58	60.0 ~ 83.0	77.56	76.63		74.44	70.62	68.42	69.63	63.66		63.11	71.32
ALB	白蛋白	35.26	35.0 ~ 55.0	35.16	34.40		33.97	32.14	30.75	32.89	29.84		29.05	31.97
GLB	球蛋白	42.32	20.0 ~ 35.0	42.40	42.23		40.47	38.48	37.67	36.74	33.82		34.06	39.35
A/G	白蛋白 / 球蛋白	0.83	1.30 ~ 2.50	0.83	0.81		0.84	0.84	0.82	0.90	0.88		0.85	0.81
TBiL	总胆红素	65.85	1.7 ~ 20.5	78.07	96.91		113.11	149.10	163.84	168.66	158.54		177.36	182.68
DBiL	直接胆红素	21.49	0.0 ~ 6.0	30.80	42.46		47.30	55.96	53.37	69.71	62.39		67.34	71.78
IBiL	间接胆红素	44.36	0.0 ~ 14.0	47.27	54.45		65.81	93.14	110.47	98.95	96.15		110.02	110.90
Na	血清钠	125.00	136.00 ~ 146.00	121.00	122.00	126.00	123.00	124.00	127.00	131.00	129.00	130.00	132.00	
k	血清钾	4.56	3.50 ~ 5.30	4.40	4.61	4.75	4.93	4.07	4.43	4.31	3.87	3.52	3.16	
Cl	血清氯	96.00	96.00 ~ 106.00	91.00	89.00	94.00	90.00	90.00	92.00	93.00	95.00	100.00	94.00	
Ca	血清钙	2.18	2.08 ~ 2.80	2.10	2.15	2.07	2.06	1.99	2.02	2.08	1.93	1.37	1.87	

B 超复查结果见图 3–3。

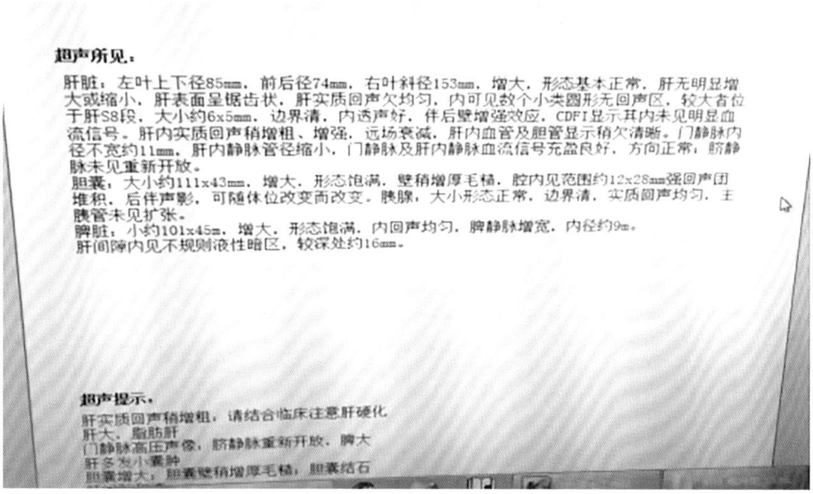

超声所见：

肝脏：左叶上下径85mm，前后径74mm，右叶斜径153mm，增大，形态基本正常，肝无明显增大或缩小，肝表面呈锯齿状，肝实质回声欠均匀，内可见数个小类圆形无回声区，较大者位于肝S8段，大小约6x5mm，边界清，内透声好，伴后壁增强效应，CDFI显示其内未见明显血流信号。肝内实质回声稍增粗、增强，远场衰减，肝内血管及胆管显示稍欠清晰。门静脉内径不宽约11mm，肝内静脉管径缩小，门静脉及肝内静脉血流信号充盈良好，方向正常；脐静脉未见重新开放。

胆囊：大小约111x43mm，增大，形态饱满，壁稍增厚毛糙，腔内见范围约12x28mm强回声团堆积，后伴声影，可随体位改变而改变。胰腺，大小形态正常，边界清，实质回声均匀，主胰管未见扩张。

脾脏：小约101x45m，增大，形态饱满，内回声均匀，脾静脉增宽，内径约9m。

肝间隙内见不规则液性暗区，较深处约16mm。

超声提示：

肝实质回声稍增粗，请结合临床注意肝硬化

肝大，脂肪肝

门静脉高压声像，脐静脉重新开放，脾大

肝多发小囊肿

胆囊增大，胆囊壁稍增厚毛糙，胆囊结石

图 3–3　B 超复查结果

【四诊】2018 年 7 月 20 日。

患者病情进一步好转，白蛋白已正常，白蛋白和球蛋白比值已不倒置；总胆红素下降为 47.97 μmol/L（表 3–4）。

表 3–4　2018 年 7 月 20 日检验结果

编号	项目名称	结果	单位	参考值
AST	天冬氨酸氨基转移酶	40.50	U/L	0 ~ 40
ALT	丙氨酸氨基转移酶	23.20	U/L	0 ~ 40
AST/ALT	天冬 / 丙氨酸转移酶	1.75	ratio	
GGT	谷氨酰转肽酶	52.50	U/L	5 ~ 54
ALP	碱性磷酸酶	64.60	U/L	45 ~ 132
T–PRO	总蛋白	70.00	g/L	60.0 ~ 83.0
ALB	白蛋白	36.71	g/L	35.0 ~ 55.0
GLB	球蛋白	33.29	g/L	23.0 ~ 35.0
A/G	白蛋白 / 球蛋白	1.10	ratio	1.30 ~ 2.50
TBiL	总胆红素	47.97	μmol/L	1.7 ~ 20.5

续表

编号	项目名称	结果	单位	参考值
DBiL	直接胆红素	15.10	μmol/L	0.0 ～ 6.0
IBiL	间接胆红素	32.87	μmol/L	0.0 ～ 14.0
Na	血清钠	138.00	mmol/L	136.00 ～ 146.0
K	血清钾	3.95	mmol/L	3.50 ～ 5.30
Cl	血清氯	106.00	mmol/L	96.00 ～ 106.00
Ca	血清钙	2.34	mmol/L	2.08 ～ 2.80
PHOS	血清磷	1.49	mmol/L	0.80 ～ 1.65
GLU	葡萄糖	4.60	mmol/L	3.89 ～ 6.11
BUN	尿素	6.32	mmol/L	3.1 ～ 8.0
CREA	肌酐	72.80	μmol/L	45 ～ 133
UA	尿酸	378.80	μmol/L	120 ～ 420
CO_2CP	二氧化碳	25.60	mmol/L	20 ～ 29

【五诊】2018 年 10 月 7 日。

患者精神状态良好，纳可，有点难入睡。舌质淡红，苔薄黄腻，尺脉浮弦，左关弦甚，右关弦。验血示肝功能进一步好转（表 3–5）。效不更方。

表 3–5　2018 年 10 月 7 日检验结果

编号	项目名称	结果	单位	参考值	检验方法
AST	天冬氨酸氨基转移酶	33.10	U/L	0 ～ 40	
ALT	丙氨酸氨基转移酶	21.30	U/L	0 ～ 40	
AST/ALT	天冬 / 丙氨酸转移酶	1.55	ratio		
GGT	谷氨酰转肽酶	77.80	U/L	5 ～ 54	
ALP	碱性磷酸酶	96.00	U/L	45 ～ 132	
T–PRO	总蛋白	71.94	g/L	60.0 ～ 83.0	
ALB	白蛋白	40.10	g/L	35.0 ～ 55.0	
GLB	球蛋白	31.84	g/L	20.0 ～ 35.0	
A/G	白蛋白 / 球蛋白	1.26	ratio	1.30 ～ 2.50	
TBiL	总胆红素	34.27	μmol/L	1.7 ～ 20.5	
DBiL	直接胆红素	8.39	μmol/L	0.0 ～ 6.0	

续表

编号	项目名称	结果	单位	参考值	检验方法
IBiL	间接胆红素	25.88	μmol/L	0.0 ~ 14.0	
TBA	总胆汁酸	69.46	μmol/L	0.0 ~ 12.0	
PHOS	血清磷	1.39	mmol/L	0.80 ~ 1.65	
GLU	葡萄糖	4.73	mmol/L	3.89 ~ 6.11	
BUN	尿素	4.56	mmol/L	3.1 ~ 8.0	
CREA	肌酐	74.10	μmol/L	45 ~ 133	
UA	尿酸	367.30	μmol/L	120 ~ 420	
CO_2CP	二氧化碳	26.60	mmol/L	20 ~ 29	

按语：肝硬化患者若出现腹腔积液和黄疸、低蛋白血症，表明到了肝硬化失代偿期，这时肝细胞坏死已超过其再生能力。针对腹腔积液患者，若是单纯的虚寒证，则用实脾饮为主方；若是单纯的湿热证，则用《温病条辨》的二金汤合茵陈蒿汤；若是虚实夹杂、寒热错杂证，则用《兰室秘藏》中的中满分消丸。水的代谢与肺脾肾三脏均有关，肺为水上之源、脾主运化、肾司二便，在临床上应明察秋毫，若有一脏的平衡被打破，都会导致水液代谢障碍，若有一脏的虚实没被纠正，都会影响预后。

肝硬化失代偿期若同时出现腹腔积液和黄疸，对西医来说是非常棘手的问题。有了中药的介入就能达到症状、体征和实验室指标的改善。患者腹胀，喜热饮，饮食不慎即腹泻（脾虚），又大便黏滞不爽（湿热），表明寒热错杂、虚实夹杂，遂用中满分消丸；腰以下肿当利小便，遂用茵陈五苓散合五皮饮，既利水又退黄；难入睡，左关弦甚，考虑肝郁火旺，遂用柴胡龙骨牡蛎汤；早醒，双尺脉浮弦，考虑肾阴虚，遂用四物汤合六味地黄丸合枕中丹；饮食不慎即腹泻，是脾气虚，遂用补中益气汤；晨起抽烟即打喷嚏，考虑为肺气虚，遂用玉屏风散。药证相符，效如桴鼓。效不更方。

（2）中风后遗症验案

吴某，男，31 岁。

【初诊】2018 年 7 月 17 日。

【主诉】右侧肢体活动不利 1 个月。

【现病史】1 个月前因“脑出血”出现右手活动不利、不能持筷子；右腿行走不利，遂来求治。现症：右手不能持筷子，右腿行走不利，睡时打呼噜；手足有汗，唇黑；

心情抑郁，怕热，身体肥胖，身高 163 cm，体重 80 kg，体重指数 30.1，喜冷饮；舌质淡红，苔黄腻，左尺浮弦，左关弦甚，右关弦。

【中医诊断】中风病—中经络（营卫不利、肺气实、脾虚、湿热、肝郁、痰湿）。

【西医诊断】脑出血恢复期、非酒精性脂肪肝。

【治法】调和营卫、健脾、清肺热疏肝，清热利湿、祛痰湿。

【方药】《古今验录》续命汤、补中益气汤、定喘汤、甘露消毒丹、六味地黄丸加龙牡、小柴胡汤、平胃散。

【二诊】2018 年 7 月 24 日。

药后 1 周右手已能持筷子（图 3–4），但夹不起食物，右脚行走灵活很多，舌脉如前，效不更方。上药 14 剂。

图 3–4　二诊：右手能持筷

【三诊】2018 年 7 月 30 日。

患者行走如常（图 3–5）。

图 3–5　三诊：患者行走如常

【四诊】2018 年 8 月 7 日。

药后右手已能慢慢夹起菜，行走更加灵活；打呼噜好转，右膝不疼，舌脉如前。上方加四妙散、木瓜、威灵仙，30 剂。

【五诊】2018 年 8 月 23 日。

发来视频，右手已能用筷子夹菜。医患大悦，效不更方。

【六诊】2018 年 8 月 24 日。

患者已能握刀切豆腐。

按语：《古今录验》续命汤，治中风痱，身体不能自收，口不能言，冒昧不知痛处，或拘急不得转侧。患者手足活动不利，当用此方为主方。《黄帝内经》云："肺气实，则喘息"，患者打呼噜，是肺气实的表现，故用定喘汤；手足有汗及口唇黑是脾气虚的表现（脾其华在唇），故用补中益气汤；苔黄腻，是有湿热，故用甘露消毒丹；《黄帝内经》云："尺脉浮弦为肾虚"，左尺浮弦，表明肾阴虚，故用六味地黄丸加龙骨、牡蛎，滋阴潜阳。心情抑郁，故用小柴胡汤疏肝解郁；身体肥胖，考虑为痰湿蕴结，故用平胃散。药后四周，病情迅速好转，患者行走日常，右手能持筷子夹菜，医患皆悦。

（3）中风后遗症验案

叶某，男，57岁。

【初诊】2020年6月30日。

【主诉】右侧肢体活动障碍24天。

【现病史】患者于24天前“脑梗死”后出现右侧肢体活动障碍，经住院治疗效果不满意，遂来求医。现症：右侧肢体活动障碍，不能行走，坐轮椅来诊室看病，伴失语，但神志清楚，能点头示意，小便失禁，怕热，有手汗，白天尿多，大便干结，舌质淡红，苔薄黄腻，双尺脉浮现，右关弦甚。

【既往史】有糖尿病，高血压。

【中医诊断】中风后遗症（中经络）：肾阴虚、脾气虚、肝阳上亢、津亏热结、痰热扰心。

【治法】祛风通络、调和营卫、豁痰清热开窍、滋阴平肝潜阳、健脾益气、润肠通便。

【方药】《古今录验》续命汤、涤痰汤、祝谌予糖尿病方、天麻钩藤汤、封髓丹、补中益气丸、八正散、麻子仁丸。7剂。

患者初诊时的状态见图3-6。

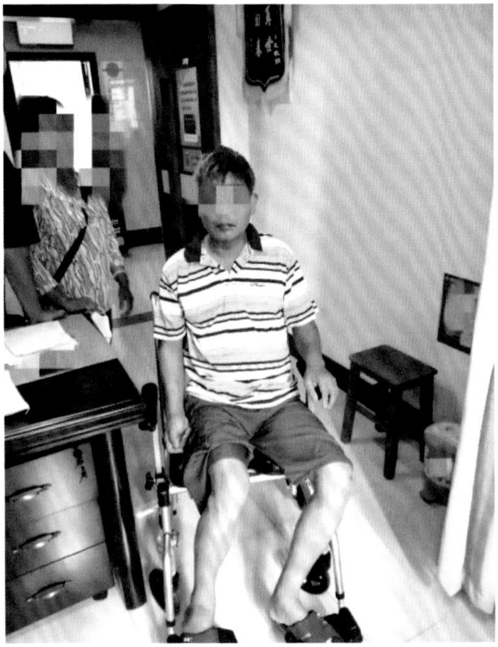

图3-6　患者初诊状态

【二诊】2020年7月7日。

药后走路力度稍好，大便干结好转，夜尿2次/晚，白天尿3～4次/日，舌质淡红。苔薄黄腻，双尺浮弦。

【方药】前方加重《古今录验》续命汤剂量以期增强疗效。

【三诊】2020年8月4日。

药后已能推着架子走路，能说“我”了，站起来比较稳，会看手机了，皮肤有点痒，舌质淡红，舌苔黄腻，舌边有齿痕，双尺脉略浮弦（图3-7）。

【方药】前方加消风败毒饮、消风散，14剂。

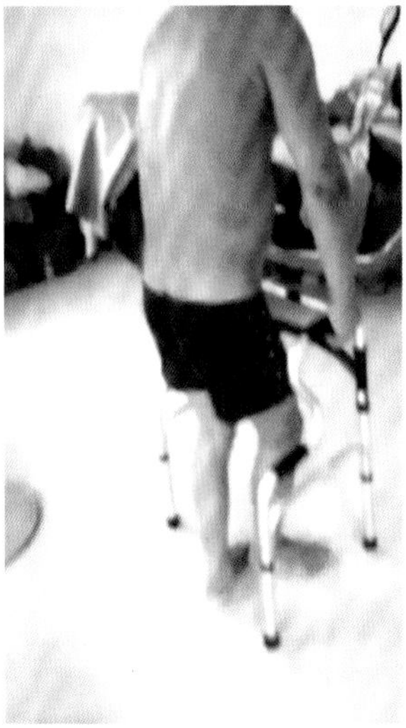

图 3-7　三诊：患者推架子走路

【四诊】2020 年 8 月 12 日。

患者能拄拐杖走路（图 3-8）。

图 3-8　四诊：患者拄拐杖走路

【五诊】2020 年 9 月 7 日。

药后能拄拐杖走路，能轻言细语；有手汗，有点急躁，腹部肥胖，大便成形，舌质淡红，舌边有齿痕，苔薄黄腻，双尺浮弦。

【方药】前方加减肥汤、五子衍宗丸、归脾丸，14 剂。

【六诊】2020 年 9 月 22 日。

患者已能自行上厕所，小便已不失禁，并能自己做饭。

【七诊】2020 年 10 月 19 日。

患者及妻子对疗效非常满意，遂送来锦旗（图 3–9）。

图 3–9　七诊：患者及家属送锦旗

【八诊】2020 年 10 月 20 日。

患者已不需要依靠拐杖行走。

【九诊】2020 年 12 月 2 日。

患者已能独立行走（图 3–10）。

图 3-10　患者独立行走

【十诊】2020 年 12 月 19 日。

患者步行来诊室复诊（图 3-11）。

图 3-11　患者步行来复诊

按语：《古今录验》续命汤，治中风痱，身体不能自收，口不能言，冒昧不知痛处，或拘急不得转侧。此方用于治中风后遗症所致的肢体活动不利及失语常常有效。具体应用时，应注意本方的剂量比；同时要注意整体平衡，要注意处理好兼证，要考虑患者本身的体质特点。失语，熊继柏教授会用解语丹，笔者用涤痰汤化痰开窍，异曲同工。小便失禁、白天尿多、苔黄腻，考虑有湿热，熊继柏教授经验：白天尿多为湿热，遂用八正散清热利湿通淋；怕热，考虑为阴虚，遂用封髓丹；大便干结，用麻子仁丸，润肠泻火通便；糖尿病用祝谌予糖尿病方；高血压用熊继柏教授惯用的天麻钩藤汤，药后诸症向愈。患者及其家属非常满意。

（4）中药治疗女童特应性皮炎验案

刘某，女，6岁，体重20 kg。

【初诊】2020年5月6日。

【主诉】四肢皮肤溃烂、红肿、瘙痒1年。

【现病史】患者1年前无明显诱因出现右下肢后侧皮肤溃烂、红肿、瘙痒，并逐渐在四肢皮肤出现上述症状。在某省三甲医院诊断为“特应性皮炎”，治疗后症状改善不理想。近2个月皮损面积扩大，病情加重，夜间瘙痒严重，遂来求治。现症：四肢皮肤均有大小尺寸不等的皮损，约手掌大小，有溃烂、渗出，周边红肿，瘙痒严重；患者平素喜冷饮，尿不尽，有手汗，面色萎黄；舌质淡红，有剥脱苔，苔薄黄腻，右尺浮弦。

【中医诊断】湿热兼有脾虚、肾虚。

【西医诊断】特应性皮炎。

【治法】清热利湿、健脾益气、滋阴。

【方药】当归拈痛汤、补中益气汤、小建中汤、十全大补丸、泻黄散。

患者初诊时皮肤状况见图3-12。

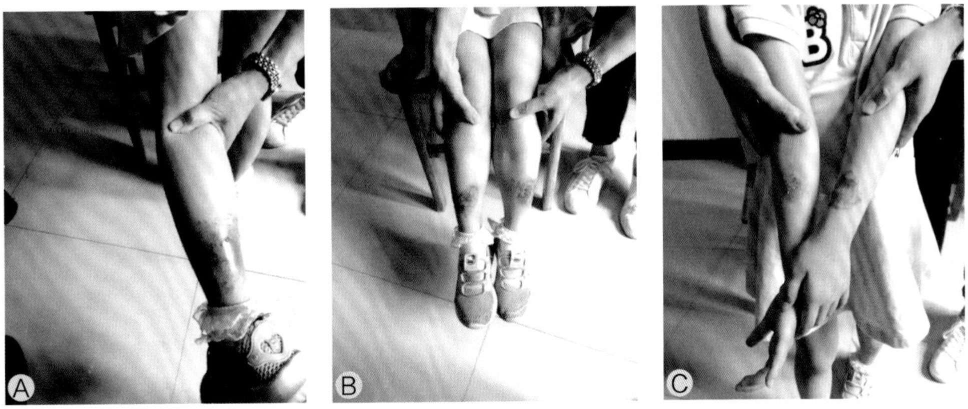

图 3-12　初诊：四肢皮肤溃烂、渗出

【二诊】2020 年 5 月 7 日。

药后伤口仍有渗出且溃疡面加重。停用前方，重新开方：消风败毒饮合消风散合补中益气汤。一剂中药吃 3 天，一日 2 次。

【三诊】2020 年 5 月 9 日。

溃疡渗出减少，夜间瘙痒减轻，睡眠改善（图 3-13）。

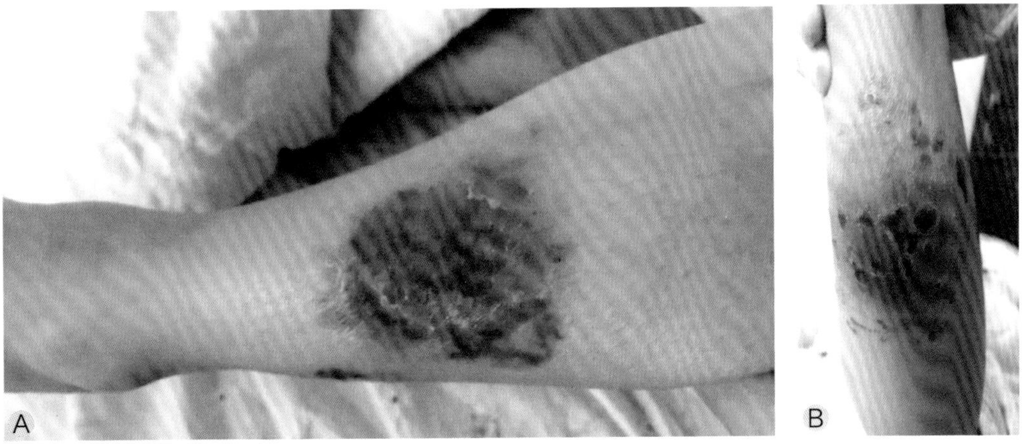

图 3-13　溃疡渗出减少

【四诊】2020 年 5 月 10 日。

渗出基本消失，瘙痒减轻（图 3-14）。

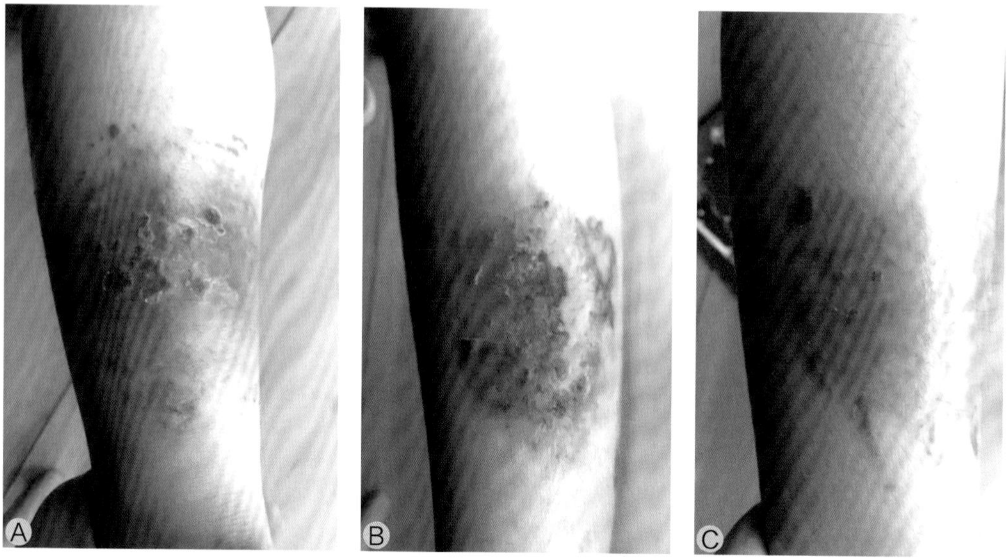

图 3-14　渗出基本消失

【五诊】2020 年 5 月 14 日。

溃疡面开始结痂，无渗出，红肿减退。原方基础上加半夏（图 3-15）。

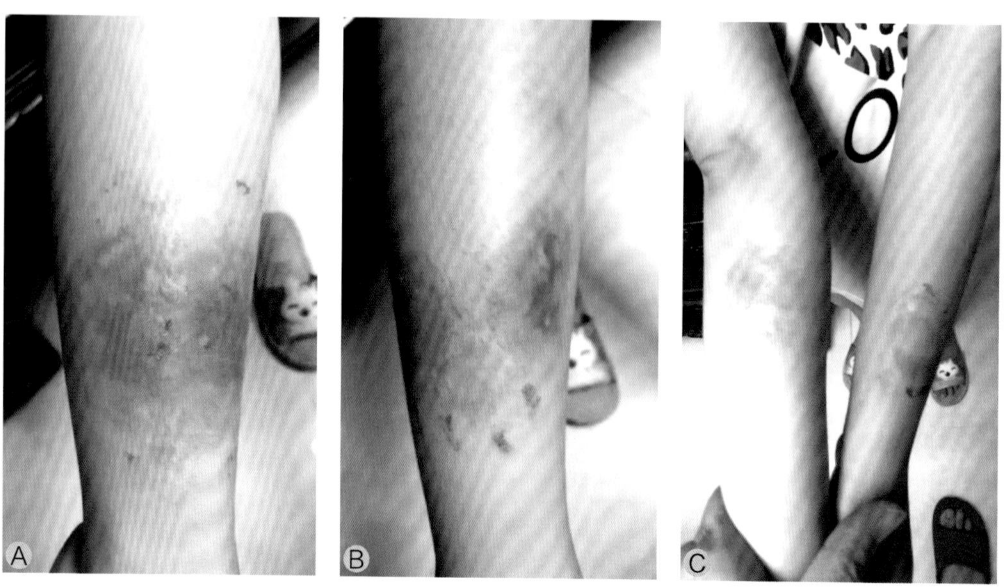

图 3-15　溃疡面开始结痂

【六诊】2020 年 5 月 17 日。

左小腿残留小溃疡面，四肢部位其余皮损基本愈合，皮肤较前变软（图 3–16）。

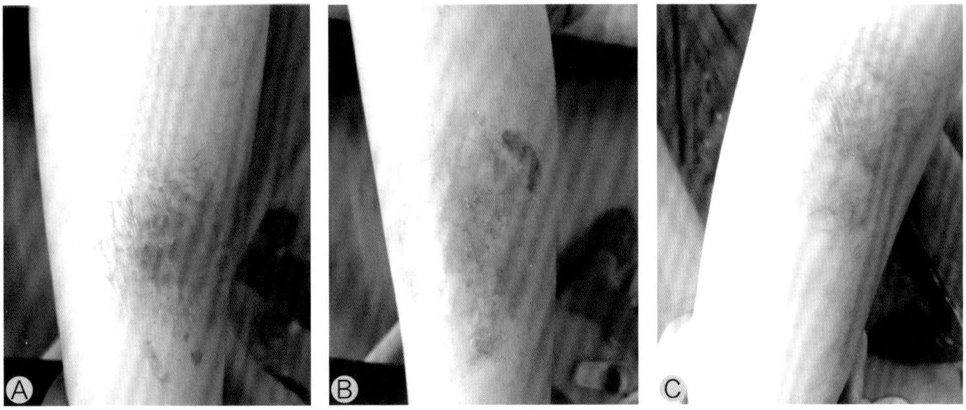

图 3–16　六诊：皮损基本愈合

【七诊】2020 年 5 月 22 日。

皮损较前变软、变光滑，偶有瘙痒（图 3–17）。

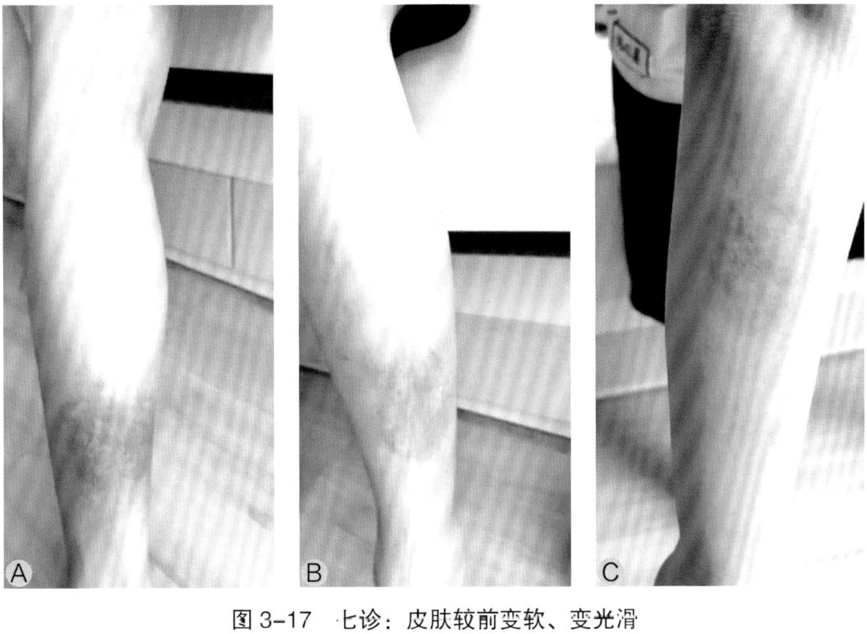

图 3–17　七诊：皮肤较前变软、变光滑

【八诊】2020年5月25日。

皮损基本痊愈，残留部分色素沉着痕迹（图3-18）。偶有瘙痒，仍有手汗，加用活血化瘀的乳香、没药，以消除色素沉着。

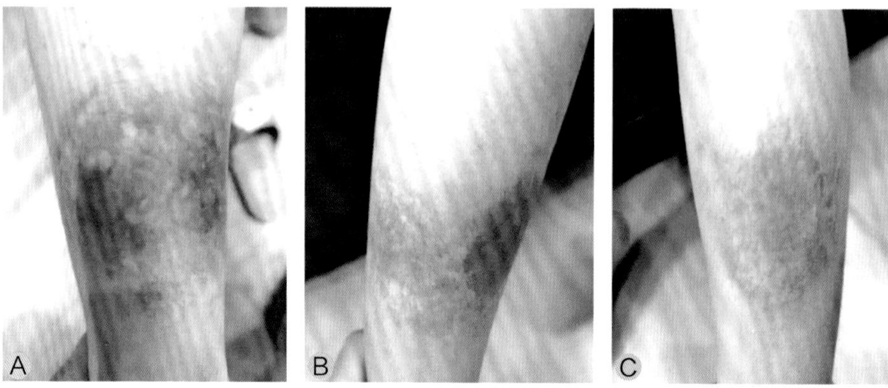

图3-18　皮损基本痊愈

【九诊】2020年6月2日。

皮损部位光滑，左后脚皮损有小肉芽，稍痒（图3-19）。

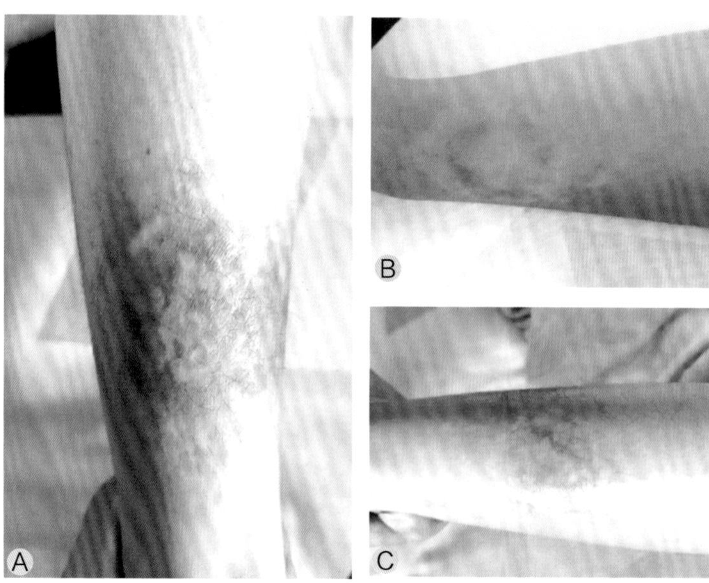

图3-19　九诊：皮损部位光滑

【十诊】2020 年 6 月 15 日。

皮损较前恢复好转（图 3-20）。仍有手汗，剥脱苔。加麦冬，五味子。

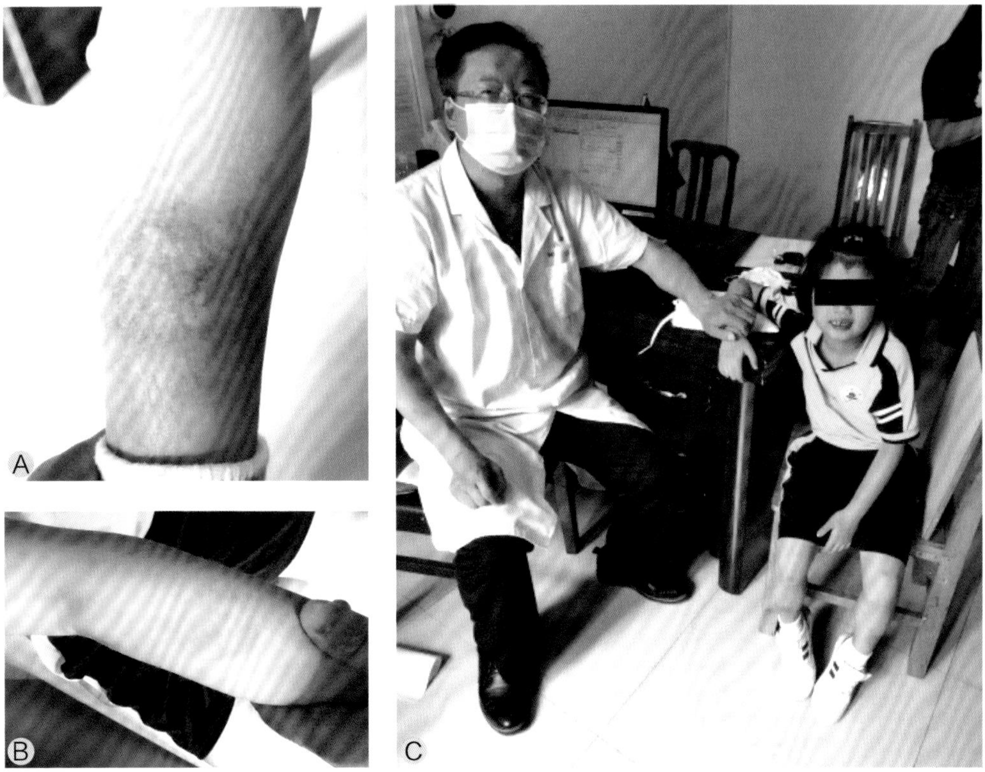

图 3-20　皮损较前恢复好转

【十一诊】2020 年 6 月 25 日。

皮损痊愈，剥脱苔较前有好转，已去学校上学（图 3-21）。

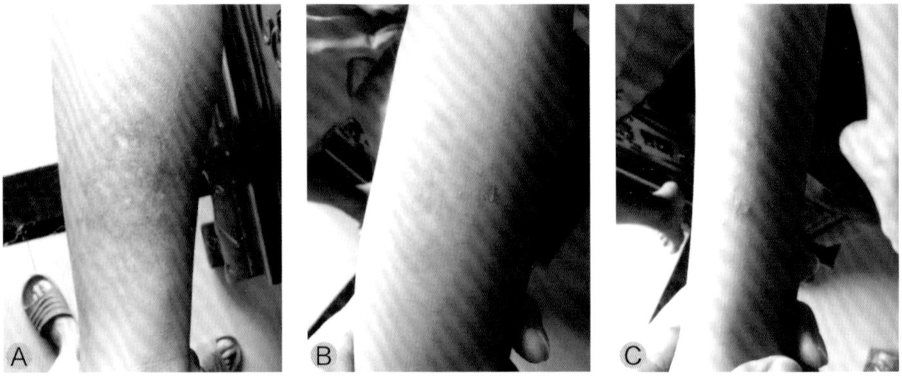

图 3-21　皮损痊愈

按语：患儿四肢皮肤溃烂、红肿、渗出、瘙痒，在某省三甲医院诊断为特异性皮炎，经西医治疗效果不理想。从中医角度来看，面对这种疑难杂症，首先想到的是《黄帝内经》中“谨察阴阳之所在，以平为期”，即通过药物的偏性来调节身体的偏性。《名医类案正续篇》云“肿为湿”，舌苔黄腻表明有湿热，手汗和面色萎黄表明有脾虚，《金匮要略》云“尺脉浮为伤肾”，《黄帝内经》云“尺脉浮弦为肾虚”，故用当归拈痛汤清热利湿，用补中益气汤和小建中汤健脾，用十全大补汤补脾、补肾、补肺。考虑儿童为纯阳之体，吃补药容易生热，故加泻黄散清热。用药 1 天后病情加重，溃疡面增大，渗出增多。究其原因，可能是苦寒太过，遂停首诊所开中药，改为具有清热利湿、祛风止痒、养阴功效的消风败毒饮为主方；治疗应因人、因时、因地而选择治疗方案，考虑到患儿有脾虚，故加用补中益气汤健脾益气，同时加用能健脾祛风止痒的消风散。用药后病情快速好转，渗出迅速控制，溃疡面结痂，瘙痒减退。溃疡面结痂后有色素沉着，加用活血化瘀的乳香、没药，用药后色素沉着减退。舌苔剥脱表明有胃阴虚，加用麦冬、五味子，与原方中的党参合并成益气养阴的生脉饮，用药后舌苔剥脱缓解。这个疑难杂症通过中药治疗取得了满意疗效，令笔者感慨良多！首先，第二次改方后能取得明显的疗效是因为使用了健脾益气的补中益气汤，《名医类案正续编》云“创口未敛，脾气虚也”；其次，医生要感谢患者和患者家属的信任，有了患者和患者家属的信任，才有医生施展才华的机会；最后，治病如人生。人生正道是沧桑，任何事都不可能一帆风顺，是在曲折中前进，在迂回中前进，看病亦如此。医生既要有大医精诚的医道，又要有坚定的信心，与患者同舟共济，做到科学防治和精准施策；患者也应该始终如一地相信和配合医生。

十、调理好脾胃后再开膏方才是上策

脾胃为后天之本，治疗任何疾病都必须兼顾脾胃。理论上可以一边调脾胃一边治其他诸症，但临床上发现调好脾胃后再开膏方才是上策。不然，有人吃膏方时会出现腹胀、腹泻、胃痛；若吃膏方时出现胃痛，那么医生和患者都会很烦恼。以下脾胃问题可以单独出现，也可以同时出现。具体治疗措施如下：饭后腹胀，用厚朴生姜半夏甘草人参汤合保和丸；大便溏，用理中丸合附子汤；大便次数多，用补中益气汤合四神丸；饮食不慎则泻，用香砂六君丸合连朴饮；大便干结，用增液汤；排便时间长（排便困难），用补中益气丸合肾气丸加肉苁蓉、厚朴；大便黏腻，用葛根芩连汤；嗳气，用旋覆代赭汤；呕吐，用半夏泻心汤；胃灼热，用化肝煎；反酸，用左金丸；胃痛按之则舒，用小建中汤加脘腹蠲痛汤（《名医名方》）；胃痛按之更痛，用小陷胸汤合脘腹蠲痛汤；肠鸣，用生姜泻心汤合理中丸；痛则欲便，用痛泻要方；厌油，用大柴胡汤合三金；口淡，用理中丸；口甜，用泻黄散；流清口水，用理中丸合附子汤；流臭口水，用泻黄散；纳差，用参苓白术丸合钱氏白术散；手汗、脚汗，用补中益气丸加茯苓、半夏；不准时吃饭则头昏、手软，用补中益气汤加蔓荆子；走路无力，用《医学心悟》的五痿汤。

十一、开膏方时寒热补泻缺一不可

一料膏方可以服一个半月左右，纯补一定会生热，纯泻一定会生寒！纯补或者纯泻的药，都不可长期服用。体虚的人，一定有热的一面，这就需要医者耐心问诊，找出热的地方。如过劳而致肾虚之人，往往有口腔溃疡；有的女性容易感冒（肺虚）、饮食不慎则泻（脾虚）、少腹冰冷（肾阳虚），这是虚的一面，单纯补是不行的。如果再仔细一问，发现她们往往有打呼噜（肺热）或有黄带（湿热）或有痔疮（小肠有热）或有口臭（脾胃有热）或有眼屎（肝胆有热）或有阴痒（肝胆有热）或有大便黏（肠道湿热）的症状表现，同时还要问她是否容易上火及上火的表现，所以膏方中要加入清热的药物。每料膏方都是医生的一幅作品，当交作品时，记住一句话：膏方中寒热补泻缺一不可。另外，有胃病的患者，一定要先治好胃病，才能开膏方。

胡国华教授云，膏方调治疾病，其对象多为慢性病，需长期服用，因此处方用药力避偏颇，不能补益太过而恋邪，攻邪过猛而伤正；不能偏温热而动相火，偏寒凉而败肠胃；滋腻太过而碍运化，升散太过而精髓不藏。（与其观点不约而同！）

十二、膏方小结

膏方是一种文化，四季均可开膏方，推广膏方的目的是为了传承膏方文化和养生及治未病。

国医大师熊继柏教授认为想要成为一个好中医必须做到以下八点：不懒；不蠢；不糊涂；扎实的理论基础；丰富的临床经验；敏锐的思辨能力；若要治好疑难杂症，必须先会治常见病；中医的生命力在于临床。要开好膏方必须往以上八个方面努力。

不懒，就是要勤奋，精勤不倦；不蠢，就是要有悟性；熊教授强调悟性是慢慢悟出来的，方只有用过才记得住。不糊涂，跟随的老师不能糊涂，即所谓师高弟子强；扎实的理论基础，就是要熟读中医核心理论及经典原著；丰富的临床经验，就是要多临床，实践出真知；敏锐的思辨能力，要学熊教授能在 3 ~ 5 分钟内完成四诊合参、处方用药等过程；若要治好疑难杂症，先要会治常见病，知常达变，难的事是由容易的事堆积起来的，复杂的问题是由简单的问题汇集起来的；中医的生命力在于临床，强调临床疗效，如果治病不讲疗效，就会出现“皮之不存，毛将焉附”的局面。

第四章

徐国良验案精选

一、中风后失语验案——远程会诊

患者雷某，男，73岁。

【初诊】2015年11月29日。

【主诉】失语及右侧肢体活动障碍22天。

【现病史】22天前在无明显诱因情况下突然出现右侧肢体乏力，并恶心、呕吐2次，呈非喷射性，为胃内容物，神志异常。在湖南省汉寿县人民医院行CT检查示：脑出血。经过22天治疗，出院时不能言语、汤水难进，右侧肢体活动障碍，神志模糊，右侧鼻唇沟变浅，右侧上肢肌力0级，右侧下肢肌力1级，右侧肌张力高。现症：失语、神志模糊，口眼略歪斜、纳差，右侧肢体活动障碍，便秘。素喜热饮，平素稍多饮则夜尿多。舌质淡红，苔黄少津。

【中医诊断】中风病—中脏腑（寒瘀阻络、脾肾阳虚）。

【西医诊断】脑出血。

【治法】温阳散寒通络、温补脾肾。

【方药】《古今录验》续命汤合肾气丸、理中丸。

麻黄15 g（先煎、去泡沫），杏仁15 g，炒白术10 g，生石膏90 g，炙甘草10 g，陈皮10 g，红参10 g，当归15 g，川芎15 g，干姜10 g，肉桂10 g，熟附子20 g（先煎），泽泻10 g，茯苓10 g，淮山药15 g，丹皮10 g，山茱萸15 g，生地20 g，鸡内金20 g，山楂20 g。3剂。

初诊时患者情况见图4-1。

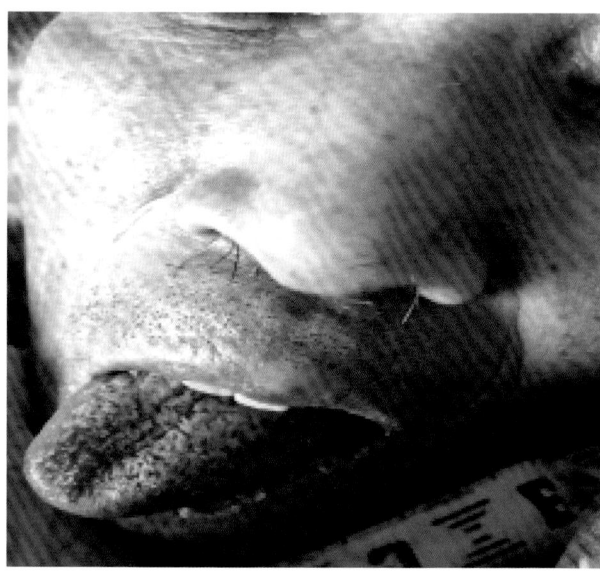

图4-1　初诊：患者情况

【二诊】2015 年 12 月 1 日。

苔黄腻，大便不通，加了宣白承气汤（原药基础上加瓜蒌皮 10 g、生大黄 10 g）。

【三诊】2015 年 12 月 7 日。

药后食欲明显改善，开始汤药只能一匙一匙慢慢喂，现在已能一次吃一小碗药，吃一小碗饭，且能说一些话（听录音），效不更方，麻黄加至 18 g。患者口眼歪斜情况见图 4–2。

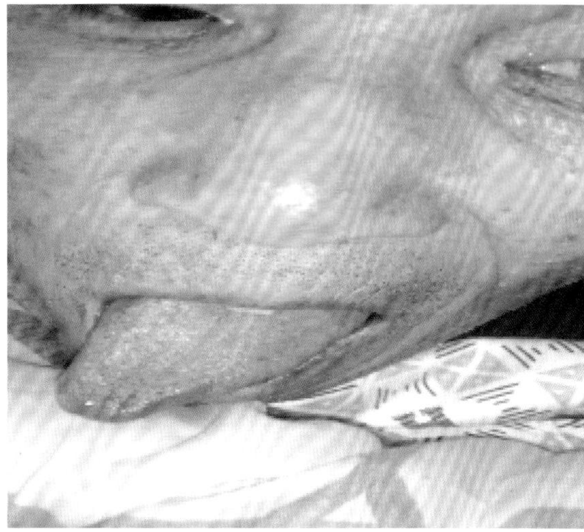

图 4–2　三诊：患者情况

【四诊】2015 年 12 月 11 日。

药后已能清晰地讲医生的名字，食欲正常。仍大便秘结，右侧肢体活动障碍，身上有两处压疮。嘱用蜜煎塞入肛中。

按语：失语是中风后常见症，若能让患者开口说话，则是非常令人高兴之事！住院 22 天仍不能说话，出院后用中药调理能否创造奇迹？在远隔千里不见患者的情况下所开中药是否有效？

思路一：《古今录验》续命汤："治中风痱，身体不能自收，口不能言，冒昧不知痛处，或拘急不得转侧。"所描述症状与患者完全相同，故以续命汤为主。

思路二：通过问诊与舌诊，知道患者素有脾胃阳虚（素喜热饮，越烫越好，证明脾胃阳虚，饮一尿一是肾阳虚）。

思路三：抓住当前的主要矛盾，从舌苔上看，患者已由寒转阴虚燥热（舌苔由舌质淡紫、苔薄白，变为舌质红，苔黄少津），加之有呼吸音增粗，遂用能通腑又能治肺的宣白承气汤，且将肾气丸的熟地改为生地。

方证相符，患者终于能说话了！

二、中药鼻饲参与抢救重症肺炎并呼吸衰竭

患者李某，男，79岁。

入院时间：2014年12月2日。

【主诉】反复咳嗽咯痰2年，气管切开术后半个月。

【现病史】患者2年前无明显诱因出现咳嗽咯痰，2014年9月12日入住广州医科大学附属第一医院治疗；2014年9月27日病情加重，出现心跳减慢、血氧饱和度低下，予心肺复苏后转ICU治疗；11月9日因右上叶支气管出血行支气管动脉栓塞术；半个月前行气管切开术；住院期间多次行痰培养提示泛耐药鲍曼不动杆菌、木糖氧化无色杆菌、嗜麦芽窄食单胞菌。虽然予抗感染对症治疗，患者仍有发热，痰多呈黄色；近1周出现血压低，需要去甲肾上腺素维持血压。出院诊断为：①重症肺炎；②右上肺脓肿伴出血介入治疗后；③慢性阻塞性肺疾病（急性加重期）；④双侧多发肺大疱；⑤双侧胸腔积液；⑥Ⅱ型呼吸衰竭；⑦感染性休克；⑧心肺复苏术后；⑨湿疹样皮炎；⑩高血压病（2级，很高危）。现因家属要求转当地医院治疗，遂送入当地医院重症监护室治疗。

入院症见：患者呈镇静状态，气管切开套管接呼吸机辅助通气，呼吸促，无寒战，无肢体抽搐等，留置鼻胃管、留置尿管固定通畅，双手背及双足中度浮肿。伸舌不合作，双尺脉偏浮弦。

入院查体：T 38.3℃，P 115次/分钟，R 30次/分钟，BP 117/61 mmHg（去甲肾上腺素维持），被动体位，神志昏迷，查体不合作。眼球双侧瞳孔等大等圆，直径约1.5 mm，对光反射存在。双肺呼吸音粗，可闻及散在干湿性啰音。心率115次/分，律齐，未闻及期前收缩，心音有力，各瓣膜区未闻及病理性杂音。双手背及双足中度浮肿，阴囊肿胀。

【中医诊断】肺胀（痰浊壅肺、热瘀互结）、虚劳（气阴两虚，肝风内动）。

【西医诊断】重症肺炎、右上肺脓肿伴出血介入治疗后、慢性阻塞性肺疾病（急性加重期）、双侧多发肺大疱、双侧胸腔积液、Ⅱ型呼吸衰竭、感染性休克、心肺复苏术后、湿疹样皮炎、高血压病（2级，很高危）。

面对此重症患者，考虑到如下几个方面。

①患者病情危重且复杂，基础病多。

②患者长期使用抗生素，对高级抗生素广泛耐药，治疗过程中再出现发热，还能处理好吗？

③当地医院缺乏高级抗生素，且西医抢救水平有限，远远不及三甲医院；此患者还有救吗？

【初诊】2014 年 12 月 3 日（中药介入）。

患者嗜睡，间有睁眼，咳嗽，痰多、色黄，不能点头、摇头示意，呼吸稍促，持续去甲肾上腺素维持血压，苔黄腻。查体：T 37.1 ℃。呼吸稍促，节律规则。双肺呼吸音粗，可闻及散在干湿性啰音。心率 84 次 / 分，律齐，未闻及期前收缩，心音有力，各瓣膜区未闻及病理性杂音。四肢及腰骶部凹陷性浮肿，阴囊肿胀。辨证为痰浊阻肺、热瘀互结加气阴两虚，治以止咳化痰（痰水同源，治痰即治水），益气养阴，拟贝夏止嗽散合二陈汤及生脉散加减。

桔梗 10 g，紫菀 10 g，前胡 10 g，麦冬 10 g，陈皮 5 g，炙甘草 10 g，浙贝母 20 g，荆芥 10 g，百部 10 g，红参 5 g，五味子 5 g，茯苓 20 g，枳实 15 g，清半夏 10 g。

治疗过程中患者的症状体征变化及采用处方见表 4–1。

表 4–1　患者情况及处方变化

	12.3 中药	12.9	12.11	12.13	12.16	12.20	12.25	12.29	12.31	1.4
意识	嗜睡	神清	神清	神清	神清	神清	神清	神清	神清	神清
反应	睁眼	点头、示意	点头、可理解	点头	点头、理解	点头、理解	点头、手抖	点头、手抖减轻	点头、无手抖	点头
呼吸	稍促	稍促	稍促	稍促	稍促	稍促	平顺	平顺	平顺	脱机
痰	痰多、色黄	痰减少	痰多、色黄	痰多、色黄	痰多、色黄	痰减少	痰稠、色黄	痰多、质稠	痰多	痰少、质稀
体温（℃）	37.1	37	正常	正常	37.4	37.2	37	36.8	37.1	37
肢体水肿	中度	轻度	消退	无	无	无	无	无	无	无
阴囊水肿	重度	中度	消退	无	无	无	无	无	无	无
尿量（mL）	1115	1050	2180	2370	1720	1700	2120	1990	2000	1560

续表

	12.3 中药	12.9	12.11	12.13	12.16	12.20	12.25	12.29	12.31	1.4
大便	无	黏腻不爽	烂，4 ~ 5 次	烂，黏滞	烂，2 次	失禁	烂，2 次	烂	烂	烂
舌象	舌红，苔黄腻	舌红，苔黄腻	舌红，苔黄腻	舌红，苔黄腻	舌红，苔黄腻	舌红，苔黄腻	舌红，苔黄腻	舌红	舌红	舌红
脉象	滑	滑	滑	滑	滑	双尺脉浮弦	双尺脉浮弦	双尺脉浮弦	滑	滑
治法	止咳化痰	涤痰醒脑	涤痰开窍，疏肝健脾	涤痰开窍，活血化瘀	涤痰开窍，清热利湿	涤痰开窍，双补阴阳	涤痰开窍，息风止痉	涤痰开窍	清热化痰	清热化痰
处方	贝夏止嗽散、二陈汤、生脉散	芩连涤痰汤	涤痰汤、柴芍六君子、生脉饮	涤痰汤、血府逐瘀汤	涤痰汤、小陷胸汤、连朴饮	涤痰汤、茯苓四逆汤	涤痰汤、镇肝熄风汤、苇茎汤	涤痰汤、镇肝熄风汤	千金苇茎汤加杏仁、滑石	千金苇茎汤加杏仁、滑石

2014 年 12 月 20 日患者情况见图 4-3。

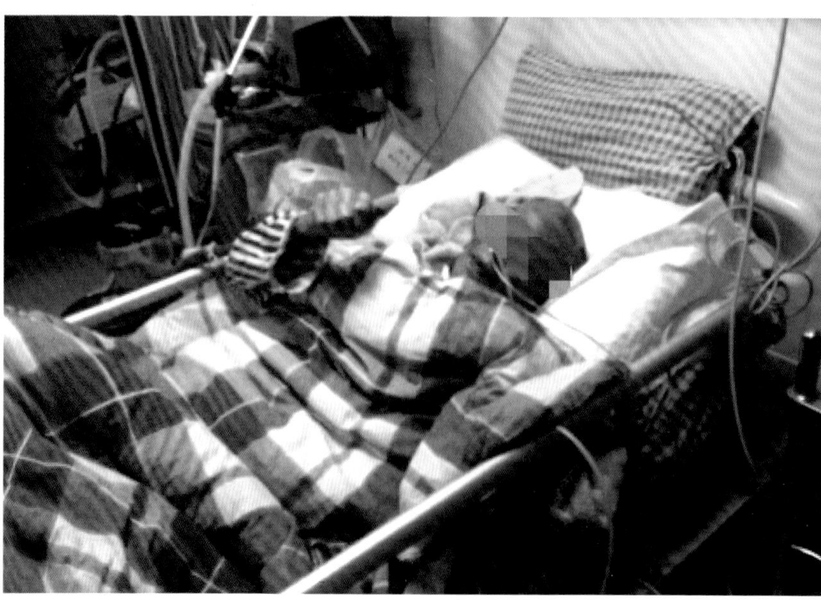

图 4-3　12 月 20 日患者情况

2015年1月4日查房，患者精神好，间断吸痰，痰稍黄，质稀，容易吸引，舌红，苔黄腻，患者呼吸平稳，自主呼吸强烈，今日予脱机自主呼吸。脱机后患者一般生命体征平稳，呼吸平稳（图4-4）。

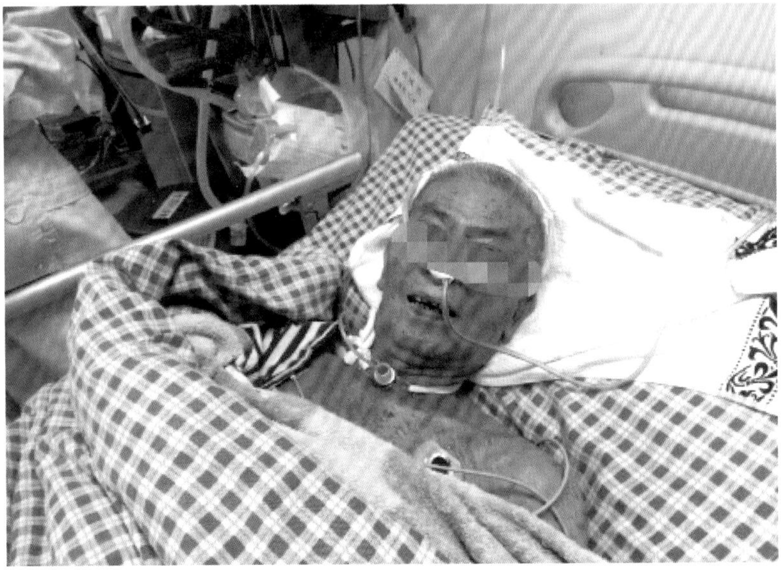

图4-4　2015年1月4日患者情况

2015年1月6日查房，脱机后一般生命体征平稳，神清，精神好，手不抖，舌质淡红，苔根黄腻，脉双尺略浮弦，效不更方。

小结：经中医中药治疗后患者神志转为清晰，可点头、摇头示意，自主饮水，痰量有所减少，肢体浮肿、阴囊水肿明显消退，特别是2014年12月4日、12月5日尿量增加后（分别为2980/3430 mL，而2014年12月3日尿量为1115 mL），肢体浮肿、阴囊肿胀较前消退。实验室结果显示相关炎性指标有所下降，肝功能、NT-PROBNP较前好转。检查结果前后对比见表4-2。

表 4-2　检查结果变化

项目	日期					
	12.6	12.9	12.12	12.19	12.24	1.3
WBC（10^9/L）	12.5	10.82	12.29	8.32	7	7.97
NEU%	82.80%	63.30%	76.50%	72.10%	76.50%	71.30%
GGT（U/L）	197.8	161.6	113.2	101.7	94.3	101.7
NT-PROBNP（pg/mL）	2335	1744	810	996	702	695
PCT（ng/mL）	1.59	0.86	3.26	1.35	2.27	0.49
ALB（g/L）	35.76	32.26	33.2	34.49	31.8	34.49

按语：初诊时患者呈昏迷状，勉强撬开牙齿看到喉中痰多，脉象偏浮弦，当时想到的是熊继柏教授的常用方贝夏止嗽散，再加二陈汤化痰；二诊时想到的是熊教授对昏迷患者的经验方——涤痰汤醒脑开窍，有热者加黄芩、黄连；三诊，患者神志转清，能点头示意。患者平素易烦躁、易乏力、易忧郁，胃纳欠佳，大便溏，于是给予其生脉饮合涤痰汤合柴芍六君子汤。

此患者的主症是痰黄量多，咳嗽频作，兼证有大便次数多，黏滞不爽，肢体及阴囊水肿，神志时清时寐，手抖，舌质红，苔黄腻，双尺脉偏浮弦。在患者命悬一线时，西医束手无策时，中医便成了救命稻草。中医诊断为肺胀、虚劳；病机：痰热蕴肺，瘀热互结，肠道湿热，兼气阴两虚；治则：清热化痰止咳，清热利湿、凉血消瘀，益气养阴。

本病遣方遵循以下原则。

（1）除用芩连涤痰汤清热利湿、化痰醒脑外，加连朴饮清肠道湿热。

（2）肺与大肠相表里，清肠道湿热对控制黄痰及醒脑起到了很好的作用；在治疗中始终贯彻"湿温病大便溏为邪未尽，必大便硬，慎不可再攻也，以粪燥为无湿矣"，在大便未出现硬之前，一直在用清湿热药；大便次数由 5 ~ 6 次逐步减少至 2 次，病情也随大便次数减少而逐渐好转。

（3）遵"诸风掉眩，皆属于肝""尺脉浮弦为肾虚"及肝肾同源的理论，加用镇肝熄风汤，手抖症状减轻；脱机前几天读到吴鞠通《温病条辨》原文："太阴湿温喘促者，千金苇茎汤加杏仁、滑石主之"，遂采用原文中的剂量比，服药后第五天即脱机了！该方奇妙之处，除千金苇茎汤治瘀热互结外，杏仁起宣上作用，滑石起渗下即祛湿利小便之功，使邪有出路，让患者起死回生。

三、经方鼻饲参与抢救中风并心肌梗死、呼吸衰竭的体会

患者谭某，男，84 岁。

入院时间：2014 年 11 月 17 日。

【主诉】突发意识不清 14 天。

【现病史】家属代诉患者 14 天前无明显诱因突发意识不清，烦躁不安，跌仆倒地，呼之不应，由家属呼叫 120 出车接回，住院期间多次复查头颅 CT 提示“脑栓塞”；2014 年 11 月 10 日确诊为“急性心肌梗死”“大面积脑梗死”；11 日因病情加重，出现Ⅱ型呼吸衰竭遂转重症监护室行有创呼吸机辅助通气；应患者家属要求办理周转。入院症见：神志呈昏迷，呼之不醒，气管插管接呼吸机辅助通气，有自主呼吸，发热，无寒战，无肢体抽搐，留置鼻胃管，注入流质饮食，留置尿管，引出淡黄色尿液，大便未解，伸舌不合作，脉弦滑。

入院查体：T 38.6 ℃，P 100 次 / 分钟，R 25 次 / 分钟，BP 124/72 mmHg，发育正常，营养中等，被动体位，神志昏迷，查体不合作。眼球双侧瞳孔等大等圆，直径约 2 mm，对光反射存在。呼吸稍促，节律规则。双肺呼吸音过清音，双肺可闻及散在干啰音，左下肺可闻及湿性啰音。心率 114 次 / 分，房颤征。右侧肢体肌力 0 级，右侧巴氏征阳性。辅助检查：2014 年 11 月 4 日查头颅 CT 提示：①左侧侧脑室后角脑实质低密度灶，考虑脑梗死与脑白质疏松鉴别，建议结合临床及复查。②脑白质疏松、轻度脑萎缩。③右侧椎动脉、基底动脉、双侧颈内动脉硬化。2014 年 11 月 10 日复查头颅 CT 提示：治疗后 4 天复查，比较 2014 年 11 月 6 日 CT 片，左侧放射冠—半卵圆中心新见大片状低密度影，大小约 19 mm × 35 mm，病灶边缘模糊。诊断为：①左侧放射冠—半卵圆中心大片状脑梗死；②左侧基底节区腔隙性脑梗死治疗复查，病灶较前相仿；③脑白质疏松；脑萎缩；皮质下硬化性脑病；④双侧颈内动脉颅内段硬化。

【中医诊断】中风—中脏腑（风痰瘀血，闭阻脉络）、阴囊水肿（肾阳虚水泛，寒瘀互结）。

【西医诊断】脑栓塞、急性心肌梗死、慢性阻塞性肺疾病、冠心病、慢性心功能不全、心功能Ⅳ级、肺部感染、Ⅱ型呼吸衰竭。

【初诊】2014 年 12 月 3 日（转折点：中药介入）。

患者昏迷状态，呼之不能睁眼，呼吸平顺，间断吸痰，痰量不多，稍黄，有低热，昨日最高体温 37.6 ℃，昨日总入量 1740 mL，总尿量 1380 mL，目合口开，左侧肢体活动少，舌苔白，脉沉，腰背部、四肢重度凹陷性浮肿，阴囊肿大，直径约 17 cm。辨证为阳虚水泛，治以温阳利水，拟苓桂术甘汤加减。

赤芍 10 g，茯苓 20 g，红参 10 g，炙远志 20 g，红花 10 g，炙甘草 10 g，炒白术 10 g，当归 10 g，石菖蒲 20 g，桃仁 10 g，牡丹皮 10 g，肉桂 15 g。浓煎，鼻饲 200 mL，每天 2 次。

治疗过程中患者情况及处方变化见表 4–3。

表 4–3 患者情况及处方变化

	12.3（中药）	12.5	12.8	12.9	12.10—12.15	12.16	12.17	12.18—12.19	12.20	12.21
意识	昏迷	浅昏迷	浅昏迷	浅昏迷	浅昏迷	神清	神清	嗜睡	嗜睡	嗜睡
睁眼	×	√	√	√	√	√	√	√	√	√
呼吸	平顺	气促	平顺	平稳	平稳	稍促	稍促	平稳	平顺	脱机
痰	黄痰、量不多	痰多	黄白痰，量不多	痰不多	白痰为主	黄白黏痰	痰不多	痰不多	痰不多	痰不多
体温（℃）	37.6	37.9	37.8	37.5	无发热	37	36.8	36	36.5	正常
肢体水肿	重度	重度	较前消退	减轻	无水肿	无水肿	无水肿	无水肿	无水肿	无水肿
阴囊水肿	重度	重度	较前消退	明显消退	减轻	消退	无	无	无	无
尿量（mL）	1380	1558	3370	3000	3900	1380	2370	2060	2260	2660
肢体活动	少	少	增多	多	增多	多	多	多	多、汗出多	多

续表

	12.3（中药）	12.5	12.8	12.9	12.10—12.15	12.16	12.17	12.18—12.19	12.20	12.21
舌象	舌红，干，少苔				舌红，津多	舌红，舌干，少苔				
脉象	沉	沉	滑	滑	滑	滑	滑	滑	左尺脉略浮	
治法	温阳利水、活血化瘀	温阳化气利水，活血化瘀，涤痰开窍								
处方	苓桂术甘汤	金匮肾气丸、桂枝茯苓丸、涤痰汤	金匮肾气丸、桂枝茯苓丸、涤痰汤	涤痰汤、真武汤、桂枝茯苓丸	涤痰汤、真武汤、桂枝茯苓丸、五苓散	真武汤、桂枝茯苓丸、理中丸、续命汤	真武汤、桂枝茯苓丸、理中丸、续命汤	真武汤、桂枝茯苓丸、理中丸、续命汤	桂枝加附子汤、生脉饮、金匮肾气丸	桂枝加附子汤、生脉饮、金匮肾气丸

2014 年 12 月 3 日初诊患者情况见图 4–5。

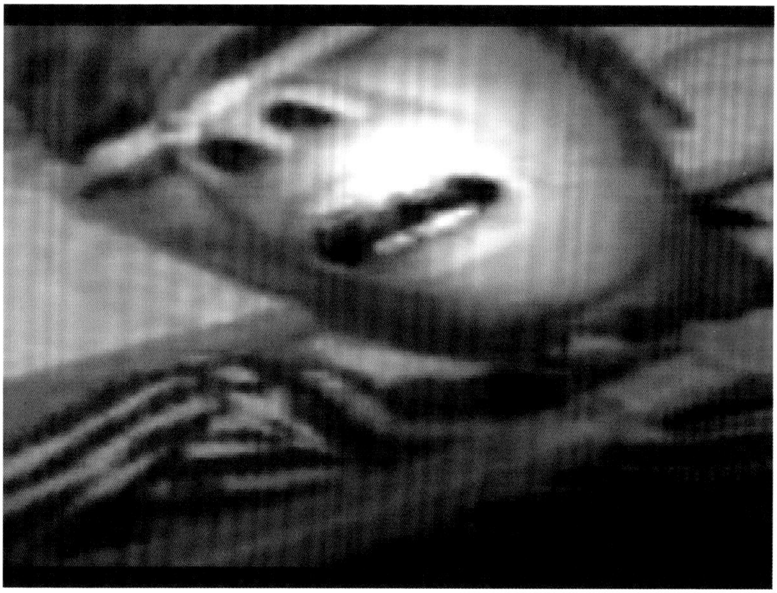

图 4–5　初诊患者情况

2014 年 12 月 19 日睁眼时长增多（图 4–6）。

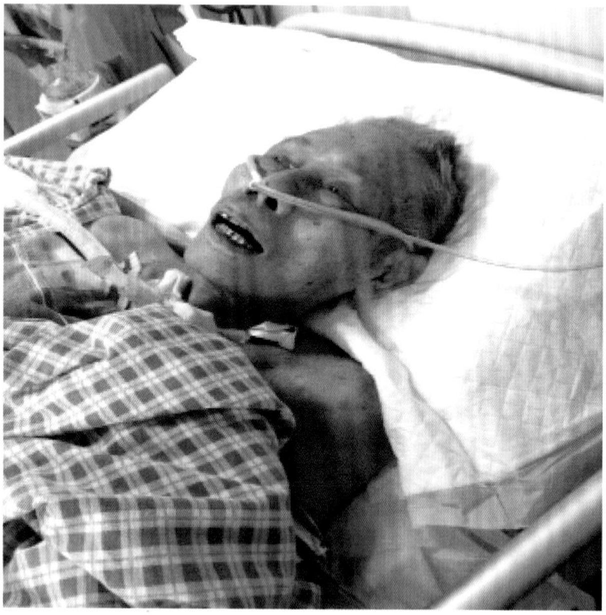

图 4–6　患者睁眼时长增多

2014 年 12 月 20 日（转折点：用桂枝加附子汤治汗多）。

患者嗜睡，间有睁眼反应，呼吸平顺，间断吸痰，痰量不多，汗多，白天为主，无发热、寒战等，大便失禁，前一日日总入量 2430 mL，总尿量 2260 mL，舌苔焦枯，左尺略浮，拟桂枝加附子汤合生脉饮合金匮肾气丸加减。

桂枝 10 g，赤芍 10 g，炙甘草 10 g，大枣 10 g，生姜 30 g，红参 10 g，麦冬 10 g，附子 30 g（先煎），五味子 10 g，熟地 20 g，牡丹皮 10 g，淮山药 15 g，泽泻 10 g，山茱萸 15 g，茯苓 10 g，桃仁 10 g，扁豆 10 g，桑叶 10 g，玉竹 20 g，天花粉 20 g，炒白术 10 g，干姜 10 g。

2014 年 12 月 21 日（转折点：脱呼吸机）。

患者嗜睡，时有睁眼，呼吸平顺，痰量不多，出汗减少，无发热，大便量减少，舌苔津液有增加，前一日日总入量 2420 mL，总尿量 2660 mL，拟方同前。患者目前处于呼吸机脱机状态。

2014 年 12 月 21 日脱机（图 4–7）。

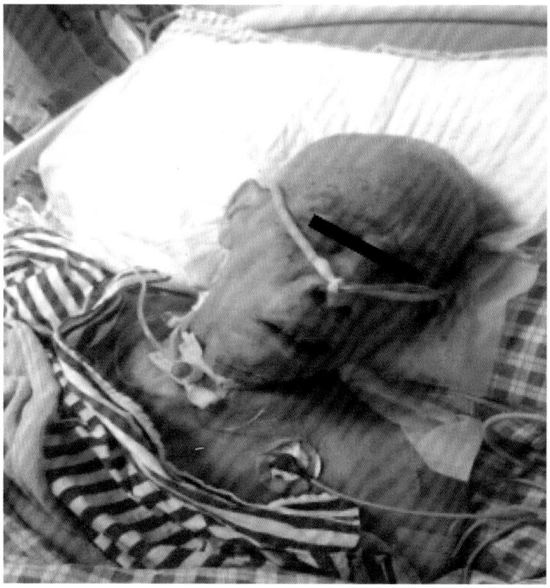

图 4-7　患者脱机

小结：经中医中药治疗后患者神志转为浅昏迷，睁眼较前增多，唾液增加，口唇较前红润，尿量增多，双下肢肿胀明显减退，阴囊浮肿较前明显消退。实验室结果显示血常规、降钙素原等相关炎性指标有所下降，NT-PROBNP 下降，心功能改善。

检查结果对比见表 4-4。

表 4-4　检查结果对比

项目	日期			
	2014 年 12 月 6 日	2014 年 12 月 9 日	2014 年 12 月 12 日	2014 年 12 月 20 日
WBC（10^9/L）	7.98	10.79	12.36	16.54
NEU%	83.1	79.7	83.1	85.7
PLT（10^9/L）	60	58	68	96
NT-PROBNP（pg/mL）	3146	2915	3391	3002
PCT（ng/mL）	0.56	0.86	1.11	1.65
ALB（g/L）	28.86	29.78	31.83	33.57

按语：面对“心梗”合并“大面积脑栓死”昏迷患者，笔者实在无证可辨，勉强撬开牙看到的是干枯无津的舌面，双尺脉沉。

初诊时想到湖南名医夏度衡的“苓桂术汤合参芍归芎远志”治心衰方。二诊时想到《黄帝内经》治水肿的理论“五脏阳以竭”，即内脏的功能失调或阳气衰竭均会导致水肿，肾主前后二阴，阴囊水肿应为肾主水功能失调，气化不利；口干无津，是肾虚津不上承所致，所以应选用真武汤为主方；阳气阻遏也可以形成水肿病，遂加专治寒瘀互结的桂枝茯苓丸。熊继柏教授经验“90% 昏迷者为痰邪蒙蔽清窍”所致，遂加用涤痰汤；为增强利水效果，合用了五苓散。服药后尿量明显增加，阴囊水肿明显减轻，各项症状体征及实验室指标均朝好的方向发展。脱机前见汗出不止，加用了桂枝加附子汤，而自汗止，并迅速脱机。

患者能成功脱机有三点感悟，如下。

第一，无意中践行了广西中医药大学刘力红教授“从够着的地方入手”来治疗疑难杂症的理念；治阴囊及右侧肢体水肿时，“脉得诸沉，当责有水”“少阴病脉沉者，急温之，宜四逆汤”；从脉沉辨证为肾阳虚水泛，寒瘀互结，用真武汤合五苓散及苓桂术甘汤获效。脱机前因汗出不止，每日换 5 ~ 6 次衣，加用桂枝加附子汤治疗表阳虚，一剂汗止，二剂即脱机；表明“肺主皮毛”及“气随汗脱”理论的正确性，汗止则气脱得以缓解。

第二，从护士的观察中可获取问诊所需资料，如发热、汗出、二便及痰的情况。从体温单可看到有无发热及发热的特点；《伤寒论》最重视有汗还是无汗；脾虚则大便多溏或软，肾虚则小便多且色清白，通过问大便是黏滞不爽还是清稀，便知是肠道湿热还是脾肾阳虚；痰的色、质、量问护士吸痰时的情况便知。

第三，中医借助西医可以看得更远，获效把握更大！西医的检查可以看到体内各个器官的功能，仪器设备的使用可以赢得抢救时间，鼻饲能让昏迷患者服中药；通过吸痰可知道痰的量、色及质，从而了解寒热虚实；体温表能知道发热特点；呼吸机能辅助呼吸，给中药一个起效的缓冲时间。《黄帝内经》云：“邪之所在，皆为不足”，而中医能扶助正气，能增强抵抗力，从而使机体逐步恢复到阴平阳秘的状态，病邪生存的环境不在了，身体就会康复！中医的个体治疗还能弥补抗生素广泛耐药的情况，起到力挽狂澜的效果。

四、萎缩性胃炎验案

患者刘某，女，52岁。

【初诊】2016年11月15日。

【主诉】嗳气伴胃痛间作半年。

【现病史】半年前因嗳气伴胃痛，在中山大学附属肿瘤医院经胃镜及病理切片诊断为"慢性萎缩性胃炎"，现症：嗳气伴胃痛、乏力、心情抑郁、口苦、喜热饮，舌质淡红，苔薄黄腻，双尺略浮左关弦甚，右关弦。

【中医诊断】嗳气、胃痛（胃失和降、寒热错杂、肝郁、气血虚）。

【西医诊断】慢性萎缩性胃炎。

【治法】和胃降逆、疏肝、益气养阴。

【方药】半夏泻心汤合旋覆代赭汤、金铃子散、小柴胡汤合生脉饮。

北柴胡10 g，黄芩5 g，大枣30 g，生姜10 g，炙甘草10 g，法半夏10 g，麦冬10 g，五味子10 g，党参5 g，黄连5 g，干姜5 g，川楝子10 g，延胡索10 g，旋覆花15 g，煅赭石5 g。14剂。

【二诊】2016年12月11日。

药后嗳气、胃痛减轻，诉平素夜尿多，小便清长、脚冷，舌质淡红，苔薄黄腻、左关弦甚，右关弦。原方加真武汤合五子衍宗丸。

北柴胡10 g，黄芩5 g，大枣30 g，生姜10 g，炙甘草10 g，法半夏10 g，麦冬10 g，五味子10 g，党参5 g，黄连5 g，干姜5 g，川楝子10 g，延胡索10 g，旋覆花15 g，煅赭石5 g，盐菟丝子7.5 g，枸杞子7.5 g，覆盆子5 g，车前草5 g，醋五味子5 g，茯苓5 g，生白术5 g，白芍5 g，黑顺片10 g。14剂。

【三诊】2017年1月6日。

药后诸症好转，效不更方。

【四诊】2017年2月1日。

诸症消失，其子要求她复查，仍在中山大学附属肿瘤医院做胃镜及病理切片检查，提示慢性萎缩性胃炎已愈。患者诉检查前自觉病已愈。甚谢！

按语：《黄帝内经》云："谨察阴阳之所在，以平为期。"患者出现嗳气，胃痛，喜热饮，口苦等胃失和降、寒热错杂的症状，药后诸症好转；《金匮要略》云："尺脉浮为肾虚"，用五子衍宗丸补肾；夜尿多，小便清长，为阳虚水泛，故用真武汤；精神压力大故心情抑郁，故用小柴胡汤主治，诸方合用，患者诸症消失，且胃镜及病理检查示慢性萎缩性胃炎已愈，表明身体已达平衡状态。

五、肝硬化腹腔积液、黄疸验案

患者陈某，男，41岁。

【初诊】2017年5月11日。

【主诉】腹胀伴身目发黄2周。

【现病史】2周前出现腹胀、尿黄、脚肿。现症：腹胀、平卧稍减；脚肿，身目发黄，身体急剧消瘦，大便频但排不尽；有时胃部不适，乏力；舌质淡红，苔黄腻，双尺脉浮弦，左关弦甚。

辅助检查：B超示肝硬化、腹腔积液。验血示"大三阳"：HBV-DNA 1.82×10^{8}/mL，ALT 103 U/L、AST 101 U/L、ALB 29.2 g/L、GLB 49.3 g/L、TBiL 228 μmol/L、DBiL 115 μmol/L。

【中医诊断】鼓胀、黄疸（肝胆湿热、脾虚、肾阴虚）。

【西医诊断】肝硬化（失代偿期）、慢性乙型肝炎。

【治法】清肝利胆、健脾、和胃、滋肾阴。

【方药】中满分消丸合大柴胡汤合六味地黄丸合五皮饮。

党参10 g，肉桂6 g，砂仁5 g，厚朴20 g，干姜10 g，黄芩9 g，黄连3 g，法夏9 g，陈皮10 g，知母10 g，泽泻20 g，猪苓10 g，茯苓10 g，枳实9 g，炙甘草10 g，大枣30 g，大黄6 g，赤芍9 g，生姜10 g，柴胡24 g，茵陈30 g，炒白术40 g，五加皮10 g，地骨皮10 g，大腹皮10 g，桑白皮10 g，熟地20 g，山药15 g，丹皮10 g，山茱萸15 g，牡蛎20 g，龙骨20 g，金钱草30 g，海金沙20 g，鸡内金20 g。

【二诊】2017年5月18日。

药后腹胀及身目黄染减轻，仍纳差，双下肢水肿已消失，舌质淡红，苔黄腻。尺脉浮弦，左关弦甚，肝功能有好转，ALB 28.2 g/L、GLB 30 g/L、TBiL 88 μmol/L、DBiL 68.2 μmol/L，效不更方。

【三诊】2017 年 5 月 23 日。

药后诸症好转，舌脉如前，要求出院。效不更方。

【四诊】2017 年 6 月 6 日。

患者在家继续吃药，药后诸症好转，在梅州市五华县人民医院行 B 超检查示腹水声像（腹腔内见液性暗区，最深前后径约 42 mm）。肝功能各项指标明显好转：ALT 28 U/L、AST 59 U/L、TBiL 132 μmol/L、DBiL 79 μmol/L、ALB 35 g/L、GLB 39.5 g/L。效不更方。

【五诊】2017 年 8 月 20 日。

药后诸症好转，腹胀消失，身目发黄显减，在五华县人民医院查 B 超示已无腹水，肝功能明显好转。ALT 23 U/L、AST 65 U/L、ALB 39.9 g/L、GLB 32.5 g/L、TBiL 58.6 μmol/L、DBiL 27 μmol/L。效不更方。

【六诊】2017 年 11 月 23 日。

患者药后身目发黄进一步减轻，在五华县人民医院检查示：ALT U/L、AST 65 U/L、TBiL 35 μmol/L、DBiL 10 μmol/L。

【七诊】2018 年 3 月 2 日。

今日随访，得知患者药后病情进一步好转，身目黄染已消失，无腹胀。2018 年 2 月 24 日在梅州市某医院检查，B 超示已无腹水。肝功：ALT 49 U/L、AST 48 U/L、ALB 42.6 g/L、GLB 30.8 g/L、TBiL 16.2 μmol/L、DBiL 5.1 μmol/L、HBV-DNA 3.41×10^2/mL、AFP 10.38 ng/mL。效不更方。

按语：患者出现腹胀、脚肿，诊断为鼓胀；有身目发黄诊断为黄疸。纳差，表明脾虚；大便有里急后重，苔黄腻，表明有湿热；患者虚实夹杂，寒热错杂，是中满分消丸汤证；首选中满分消丸加五皮饮为治鼓胀主方。

六、肝硬化并发腹腔积液、胸腔积液治疗验案

患者刘某，男，72 岁。

【初诊】2016 年 12 月 21 日。

【主诉】腹胀间作 3 年，气促间作 1 个月。

【现病史】3 年前出现腹胀，白蛋白低，B 超示有少量腹水，诊断为“肝硬化失代偿期”。2 个月前出现上消化道出血，1 个月前出现气促，遂来院住院求治。现症：腹胀、喜热饮、饮牛奶则腹胀加重；气促；口苦；大便 3 ~ 4 次 / 天，黏滞不爽；夜尿频，每小时一次，小便不畅；早醒、怕冷、脚冷、膝冷、多衣；少许忧郁；脚少许肿；乏力，口臭，舌质淡红、苔黄腻、双尺浮弦，左关弦甚。

【中医诊断】鼓胀（寒热错杂、肝阴虚、肾阳虚夹寒湿、肝胆湿热）。

【西医诊断】乙型肝炎肝硬化（失代偿期）（食管胃底静脉重度曲张、脾功能亢进、低蛋白血症）、胃窦溃疡、糜烂性十二指肠炎、高血压病 2 级、前列腺增生症。

【治法】清湿热、温中阳、补肝阴、温肾阳祛寒湿、疏肝利胆、通阳利水。

【方药】中满分消丸合镇肝熄风汤合大柴胡汤。

【二诊】2016 年 12 月 21 日。

入院行 B 超检查发现“右侧胸腔内液性暗区，较深处约 93 mm”，考虑右侧胸腔积液。腹腔积液（少中量）。肝功能 AST 160 U/L、ALT 141 U/L、rGT 56 U/L、ALB（白蛋白）29.5 g/L，GLB 26.04 g/L、TBiL 26.7 μmol/L、DBiL 6.4 μmol/L、GLU 6.85 μmol/L、HBV-DNA 2.09×10^6/mL；肝纤维化四项：HA1259 ng/mL、LN 112 ng/mL、IV 185 ng/mL、PIIINP 20 ng/mL；无创纤维化 75 kPa。加抗病毒药恩替卡韦 0.5 mg（qd）及护肝、支持治疗。

【三诊】2017 年 1 月 8 日。

药后睡眠好转，精神好转，大便次数减少至 2 次 / 天，仍有少许黏液，口臭减轻，舌质红苔黄腻，双尺脉浮弦左关弦甚。肝功能明显好转：AST 45 U/L、ALT 32 U/L、rGT 72 U/L、ALB 36 g/L、GLB 23 g/L 、Glu 3.94 μmol/L。胸腔积液减少（2017 年 1 月 2 日 B 超示：胸腔积液较深处 70 cm）但腹腔积液仍有少量。治疗同前。

【四诊】2017 年 1 月 17 日。

其弟微信告知，患者出院后情况稳定（出院时带了 1 个月的中药）。

【五诊】2017 年 2 月 1 日。

其弟微信告知，患者出院后恢复较好，刚开始精神较差，现在好多了，散步能走很远了。效不更方。

【六诊】2017 年 2 月 25 日。

患者在平远县人民医院复查腹部 B 超显示已无腹腔积液，胸片显示已无胸腔积液。效不更方。

【七诊】2017 年 4 月 9 日。

患者在平远县某医院的 B 超示：肝质增粗，脾大，胆结石并壁增厚。肝功能基本正常，白蛋白恢复正常。腹部未见明显异常。该院查功能：ALT 23 U/L、AST 31 U/L、rGT 68 U/L、ALB（白蛋白）36.1 g/L、GLB 37.9 g/L、TBiL 19.5 μmol/L，效不更方。

按语：患者肝硬化所致腹腔积液、胸腔积液、上消化道出血、低蛋白血症，已属于肝硬化晚期。治疗思路，遵《黄帝内经》“谨察阴阳之所在，以平为期”的原则，弄清楚患者的寒热虚实，既抓住重点，又面面俱到。在选方用药时，遵古方为主，坚持拼方不拼药的原则。中医诊断为“鼓胀”，在选何方为主方时，考虑患者大便黏滞不爽、口臭、苔黄腻，表明以湿热为主，故选用中满分消丸为主方；同时患者有喜热饮、饮牛奶后更腹胀（牛奶为寒凉之品），表明有脾阳虚，而中满分消丸正好有健脾温阳利水的效果，可兼而治之；早醒、怕冷、多衣、夜尿多，表明有肾阳虚夹寒湿，故加用补肾祛寒湿之药；心情抑郁，大便黏滞不爽，苔黄腻，表明有肝胆湿热，故加用大柴胡汤。药后白蛋白恢复正常，诸症减轻，胸腔积液和腹腔积液消失。

七、大柴胡汤治疗慢乙肝急性发作验案

患者邓某，男。

【初诊】2017 年 6 月 5 日。

【主诉】恶心欲呕间作 1 个月。

【现病史】1 个月前出现恶心欲呕、纳差；验血示：AST155 U/L、ALT 310 U/L、TBiL 67 μmol/L,药后症状无明显改善，遂来求治。现症：恶心欲呕、纳差、厌油、乏力、眼睑有沉重压迫感，多梦，矢气多、大便秘结，脚心疼，舌质淡红、苔薄黄腻、双尺脉浮，左关弦甚。

【既往史】慢乙肝、十二指肠溃疡。

【中医诊断】肝着（肝胆湿热、胃失和降、肾气阴两虚）。

【西医诊断】慢乙肝、十二指肠溃疡。

【治法】疏肝利胆、清热利湿、和胃降逆、寒热平调、补肾。

【方药】大柴胡汤合茵陈四苓散、半夏泻心汤、生脉饮、六味地黄丸。

【二诊】2017 年 6 月 5 日。

检验科报告危急值：AST 771.10 U/L，ALT 1205.70 U/L、GGT 155.60 U/L、ALP 100.90 U/L、ALB/GLB 1.68、TBiL 42.59 μmol/L、DBiL 19.70 μmol/L、乙型肝炎病毒 e 抗原 8.12 S/CO、CIV 278.57 ng/mL、PIIINP 14.76 ng/mL、HA 382.16 ng/mL、LN 66.95 ng/mL。

【三诊】2017 年 6 月 12 日。

药后恶心欲呕、厌油、脚心疼乏力、尿黄、矢气均显减，仍大便秘结，喉中有痰难咯出，尿黄，眼睑仍有沉重感，纳差，舌质淡红，苔薄黄腻，双尺脉浮弦，左关弦甚。

药后肝功能明显改善。守上方加六君子汤。

【四诊】2017 年 6 月 19 日。

药后眼睑沉重感明显减轻，欲呕，厌油、喉中痰、脚心疼均减轻，仍有大便秘结，有时小便痛，早醒；舌质淡红，苔薄黄腻、脉诊双尺浮弦，左关弦甚，药后肝功能改善，守上方加八正散、枕中丹。

治疗前后肝功能及肝纤维化指标变化情况见表 4–5。

表 4–5　治疗前后肝功能及肝纤维化指标变化情况

项目	日期		
	2017.6.5	2017.6.12	2017.6.19
AST（U/L）	771.10	54.10	37.15
ALT（U/L）	1205.70	368.70	105.65
GGT（U/L）	155.60	138.70	101. 95
ALP（U/L）	100.90	88.80	42.94
ALB/GLB	1.68	1.60	1.59
TBiL（μmol/L）	42.59	34.41	22.88
DBiL（μmol/L）	19.70	12.00	5.38
CIV（ng/mL）	278.57		136.32
PIIINP（ng/mL）	14.76		3.98
HA（ng/mL）	382.16		162.67
LN（ng/mL）	66.95		40.04

按语：患者肝功能及肝纤维化指标均重度异常，但因经济情况，患者拒绝住院。药后患者仍坚持上班，每天仅饮1剂中药，效果令医患非常满意！处方思维如下，左关弦甚，苔薄黄腻，大便秘结，考虑肝胆有湿热，遂用大柴胡汤合茵陈四苓汤。患者欲呕，纳差，考虑胃的升降失常，故用半夏泻心汤；脚心疼，双尺脉浮弦，考虑为肾气阴两虚，《黄帝内经》云："尺脉浮弦为肾虚"，药后症状好转，实验室指标迅速好转，表明纯中药对治疗肝功能异常及肝纤维化确有良好疗效。

八、肝功能异常验案

唐某，女，33岁。

【初诊】2013年12月18日。

【主诉】乏力、腹胀1个月。

【现病史】1个月前患者因乏力、纳差、腹胀，肝功能异常，在湖南省常德市住院治疗，有乙肝"大三阳"，用过护肝药及抗病毒药、中药，肝功能仍不正常，ALT、AST均在400 ~ 700 U/L波动，且AST>ALT，2次验血示白细胞偏低，且越来越乏力，遂来求治。现症见：腹稍胀，多食为甚，乏力，面色稍苍白，舌质淡红，苔薄黄，脉右关尺略浮弦。

【辅助检查】肝功能：ALT 363.5 U/L，AST 425.1 U/L，GGT 222.7 U/L。

HBsAg定量4375 COI，HBeAg定量1101 COI，HBV-DNA 1.77 E+5 IU/mL。AFP 123 ng/mL。彩超示：胆囊壁稍增厚。

【中医经络检测】肾阴虚，三焦湿热。

【中医辨证】肝胆湿热，肾阴阳两虚。

【治法】清热利湿，肾阴阳双补。

【方药】茯苓四逆汤合茵陈五苓散。

茯苓20 g，白术10 g，红参5 g，熟附子30 g（先煎），茵陈30 g，猪苓10 g，桂枝10 g，炙甘草10 g，干姜10 g，白芍10 g，柴胡10 g，泽泻10 g，陈皮10 g，法夏10 g。5剂，上药加水煎服，日1剂，温服。

【复诊】2013年12月23日。

服药后，患者腹胀消失，乏力明显减轻。

【复查肝功】ALT 299.6 U/L，AST 180.5 U/L，GGT 146.1 U/L，AFP 76.27 ng/mL。

复查肝功各项指标好转（表 4–6），守前方。

表 4–6　肝功能及甲胎蛋白、白细胞、HBeAg 定量变化情况

时间	ALT（U/L）	AST（U/L）	GGT（U/L）	AFP（ng/mL）	HBeAg（COI）	WBC（10^9/L）
2013 年 12 月 12 日（来高明前）	539	647				3.7
2013 年 12 月 19 日（在高明）	363.5	415.1	222.7	123	1101	3.43
2013 年 12 月 23 日（在高明）	299.6	180.5	146.1	76.27	592.5	4.03
2013 年 12 月 30 日（回湖南后）	99	46				5.47
2014 年 1 月 6 日（回湖南后）	39	34				6.06

按语：患者在外院诊断为“慢性乙型肝炎”，使用抗病毒药后，肝功能并没有改善，病毒载量居高不下，查 B 超未见异常，请教外院专家均同意诊断为“慢性乙型肝炎”，而医者怀疑肝功能异常非肝炎活动引起，复查彩超示：肝内胆管、胆总管均有炎症，胆囊壁毛糙，胆囊壁厚 0.5 cm；追问病史，患者诉发病前曾进食大量油腻食物，据此，肝功能异常考虑为胆道疾病引起。

治疗：医者脉诊可知患者肾阳虚，结合经络检测仪示肾阴虚，故采用肾阴阳双补，清热利湿之法，患者服用 1 剂药后，腹胀明显减轻，乏力好转，2 剂后小便颜色变淡，3 剂后诸症明显好转，且脸色变红润。药切病机，其效亦速。

中医：本病治法改变了以往降酶慎用温补药的观念，察其体质而辨证，使用肾阴阳双补之药。药切病机，其效亦速，短短三天，复查肝功能较前好转，消除了患者家属对持续一个月肝功能异常、AFP 升高、白细胞低的恐惧。

九、乙肝合并戊肝、糖尿病验案

患者曾某，男，53岁。

【初诊】2013年6月25日。

【主诉】尿黄、口干口苦，乏力2个月，身目黄染3周。

【现病史】患者于2个月前无明显诱因开始出现尿黄、口干、口苦、乏力，未予诊治，3周前出现身目黄染，遂来诊。入院前查HBsAg（+）、HBeAb（+）、HBcAb（+）。HBV-DNA 1.56×10^7/mL。HEV-IgG阳性。肝功：ALT 1546 U/L，TBiL 114 μmol/L。B超示胆囊壁增厚。患者入院后请外院教授会诊，经保肝、抗病毒治疗后，患者精神好转，转氨酶下降，ALT 1546 U/L降至202 U/L，GGT 558 U/L降至412.3 U/L，TBA 74.8 μmol/L降至57.23 μmol/L，黄疸下降缓慢，TBiL初始56.4 μmol/L，最高114 μmol/L，随后降至101.56 μmol/L。空腹血糖10.76 mmol/L。三餐后2小时血糖分别为：14.2 mmol/L、19.4 mmol/L、10.6 mmol/L。

四诊症见：身目黄染，目黄稍晦暗，尿黄，口干舌燥，夜尿多达6～7次，乏力，口苦，胃纳可，舌淡红，苔薄黄少津，双尺脉稍弱。

查体：皮肤巩膜黄染，无肝掌，无蜘蛛痣，腹部平软，肝脾肋下未及，墨菲氏征阳性，移动性浊音阴性。

【中医诊断】黄疸（阴黄—肾阳虚夹湿热）。

【治法】温肾阳，清热利湿解毒，疏肝退黄。

【方药】金匮肾气丸合四逆散加味。

桂枝10 g，茯苓20 g，丹皮10 g，熟附子30 g（先煎），山药30 g，熟地30 g，泽泻30 g，山茱萸30 g，柴胡10 g，枳实10 g，赤芍20 g，炙甘草10 g，银花20 g，虎杖10 g，茵陈30 g，金钱草30 g，大黄10 g，白术30 g。4剂。

【二诊】2013年6月29日。

服药后口干缓解，夜尿减少至3次，身目黄染、尿黄减轻，舌质淡，舌上有津液，苔薄白，双尺脉稍弱。复查肝功：ALT 91.5 U/L，AST 92.4 U/L，TBiL 74.04 μmol/L，GLU 6.5 mmol/L。

【三诊】2013年7月5日。

诸症好转，肝功较前改善，ALT 31.7 U/L，AST 57 U/L，TBiL 58.8 μmol/L（图 4-8）。

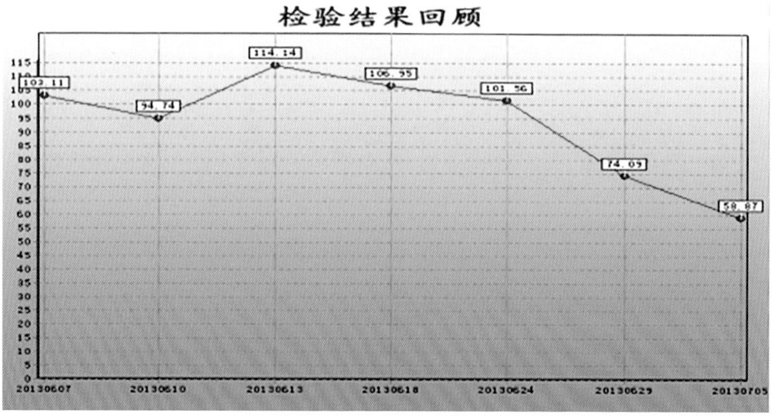

图 4-8　总胆红素变化

按语：《金匮要略》："疸而渴者，其疸难治。"《金匮要略·消渴小便不利淋病脉证并治》："男子消渴，小便反多，以饮一斗，小便一斗，肾气丸主之。"患者口干、夜尿多，尺脉稍弱，为肾气丸证。肾气虚，水液气化不利，故见夜尿多；肾气化失司，不能输津液上承，故见口干。《伤寒论》："黄家所得，从湿得之，治湿不利其小便非其治也。""伤寒发汗已，身目为黄，所以然者，以寒湿在里不解故也。以为不可下也，于寒湿中求之。"对于阴黄，张仲景明言于寒湿中求之，然未立方，程氏茵陈术附汤可资借鉴，重用白术利水退黄。"治黄必治血，血行黄易却，治黄需解毒，解毒黄易除"是以四逆散理气活血，而金钱草、银花、虎杖为解毒退黄而设。

十、腰痛治疗验案

患者黄某，男，47 岁。

【初诊】2017 年 3 月 17 日。

【主诉】腰痛间作 40 年，加重 2 周。

【现病史】40 年前玩耍时不慎从树上掉下来，从此腰痛缠绕。每年 2 月份发作。2

周前上症加重，遂来求治。现症：腰痛、休息后稍舒，性格急躁，心情抑郁，膝以下冰冷，头背有湿疹，舌质淡红、苔黄腻、双尺脉偏浮弦、左为甚，左关弦甚。

【中医诊断】腰痛（气滞血瘀、气阴两虚、肾阳虚、湿热）。

【治法】活血化瘀、益气养阴、温肾阳、清热利湿。

【方药】膈下逐瘀汤合人参饮子、肾气丸、大柴胡汤。

【二诊】2017 年 3 月 24 日。

药后腰不痛了，膝冷明显好转，舌质淡红，苔黄腻，双尺脉浮弦，左关弦甚。效不更方，上药 7 剂。

按语：腰痛 40 年，有明显外伤史，有明显季节史（每年春季发病）、痛时休息后则舒。表明至少要从活血化瘀、疏肝、补虚三方面论治。患者有外伤史，但行走正常、腰无畸形，照片无异常，表明是筋膜受损，《黄帝内经》云：“肝主筋膜之气”，故用膈下逐瘀汤；春天发病，苔黄腻，脉左关弦甚，表明肝胆有湿热，故用大柴胡汤；痛时休息后则舒，双尺脉偏浮弦，表明肾气阴两虚！《黄帝内经》云：“男子五八，肾气衰，发堕齿槁”“尺脉浮弦为肾虚”，因此，用李东垣的人参饮子合五子衍宗丸及肾气丸来大补气阴。膝以下冷，表明阳气大衰，故加用甘草附子汤温肾阳祛寒湿；头面有湿疹、苔黄腻，表明有湿热，故用消风败毒散，清热祛湿止痒。药后效如桴鼓。

十一、全成分中药颗粒治疗头摇验案

患者陈某，男，48 岁。

【初诊】2016 年 12 月 8 日。

【主诉】不自主头摇 2 年。

【现病史】2 年前在不明诱因的情况下出现不自主头摇，自觉走路时高低不一；有时脚乏力；喜冷饮，手心发热，容易感冒，心情抑郁，大便 1 ~ 3 次 / 天，舌质红，苔黄少津，双尺脉偏浮弦，左关偏浮弦。

【中医诊断】眩晕（肝肾阴虚、肝风内动、肝胆有热、卫表不固、肝郁、阴虚火旺、脾虚夹湿热）。

【治法】滋阴潜阳息风、疏肝解郁、滋阴降火、益气固表、健脾清热利湿养阴。

【方药】镇肝熄风汤合大补阴丸、四物汤、六味地黄丸、柴胡桂枝温胆定志汤合枕中丹、五痿汤黄芪桂枝五物汤合玉屏风散。

【二诊】2016 年 12 月 15 日。

其妹代诉，头摇减轻，走路力气好点，效不更方。守原方 14 剂。

【三诊】2017 年 1 月 11 日。

其妹代诉，精神明显好转，已无不由自主摇头，效不更方，守原方 30 剂。

按语：面对不由自主摇头及走路高低不一的患者，想到《黄帝内经》“诸风掉眩，皆属于肝”，决定从肝论治！患者双尺脉浮弦，《黄帝内经》云“尺脉浮弦为伤肾”，《金匮要略》云“尺脉浮为肾虚”，因此，应该滋阴潜阳、息风止痉，主方用镇肝熄风汤；左关偏弦，又心情抑郁（其女也有头摇），遂治以疏肝解郁，用郝万山老师的柴胡桂枝温胆定志和枕中丹；手心发热，考虑是阴虚火旺，选用大补阴丸来滋阴降火之余，尚恐滋阴之力不够，故叠用四物汤和六味地黄丸来滋阴；走路无力，想到治痿除了独取阳明外，尚须祛湿热和补肝肾，故用五痿汤来健脾清热利湿养阴。经常感冒，表明肺气虚，故用黄芪桂枝五物汤合玉屏风散。药证相符，患者药后 3 天即能外出打工，以至二诊、三诊均由其妹来拿药，整个治疗阶段未变一方一药，效果非常明显，已无摇头及走路高低不一的症状，其他诸症明显减轻。

十二、全成分中药颗粒治疗阴茎胀痛验案

患者孙某，男，42 岁。

【初诊】2016 年 11 月 8 日。

【主诉】阴茎胀痛 4 年。

【现病史】4 年前在不明诱因的情况下出现阴茎胀痛，每时每刻痛，阴茎痛时摸之则舒，热水敷则舒；小便淋漓不尽，且尿无力；同房时会出汗，性功能低下，心情抑郁，舌质淡红，苔黄腻、舌下静脉瘀紫，双尺浮弦，右为甚。

【中医诊断】阴茎痛（瘀血阻络、肾气阴两虚、肝郁兼膀胱气化不力）。

【治法】活血化瘀、益气养阴、疏肝解郁、温阳化气。

【方药】膈下逐瘀汤、生脉饮合五子衍宗丸、黄芪龙牡汤、柴胡桂枝温胆定志汤、

五苓散。

【二诊】2016 年 12 月 29 日。

自诉药后 2 天阴茎胀痛即明显减轻，只偶尔有隐痛，小便有力。性功能仍低下；素有慢性咽炎，舌质淡红，苔薄黄腻，尺脉偏浮弦，右为甚。

上方加东垣人参饮子、半夏厚朴汤、四逆散。

按语：患者阴茎胀痛 4 年，持续疼痛，已严重影响身心健康。阴茎属足厥阴肝经循行部位，加之患者舌下静脉瘀紫，故选下膈下逐瘀汤以活血化瘀、疏肝止痛；《金匮要略》云："尺脉浮为伤肾"，患者双尺脉浮弦，表明肾气阴已虚，故用生脉饮合五子衍宗丸补益气阴；同房时出汗，表明气虚，故用黄芪龙牡汤。小便淋漓不尽，表明膀胱气化不力，故用五苓散；小便无力，表明气虚，故用生脉饮；长期阴茎痛，及性功能障碍，已影响夫妻和谐，导致心情抑郁，故用郝万山所创解忧方柴胡桂枝温胆定志汤。药证相符，效如桴鼓！药后 2 天即疼痛减轻。

十三、视物昏花治疗验案

患者陈某，女，44 岁。

【初诊】2014 年 8 月 20 日。

【主诉】视物不清 6 年，加重 1 个月。

【现病史】患者 6 年前出现视物不清，看不清电视，进食凉性食物后上症加重，近 1 个月更因月经淋漓不尽致上述症状加重，遂来求医。现症：诉视物昏花，嗜睡，易头身麻木，严重疲乏，惧风、畏寒，坐候诊椅亦觉冷，面容倦怠，面色晦暗，汗多，晨起鼻涕多，不能冷水刷牙，常耳鸣，性欲低下，可以一年不同房，月经淋漓不尽，舌淡白，苔薄白，脉细。

【中医诊断】视物昏花（脾肾阳虚）、汗多（肺气虚）、崩漏（气不摄血）。

【治法】回阳救逆，益气摄血止血，益气固表，通阳化气。

【方药】附子理中丸合胶艾四物汤合防己黄芪汤，具体如下。

茯苓 20 g，防己 10 g，黄芪 30 g，炒白术 10 g，赤芍 10 g，大枣 10 g，炙甘草 10 g，附子 30 g（先煎），干姜 10 g，红参 5 g，艾叶 10 g，白芍 10 g，熟地 30 g，当归

10 g，川芎 10 g，桂枝 10 g。

【二诊】2014 年 8 月 29 日。

药后第二天即能看清电视，诸症均好转，舌脉如前，效不更方。

【三诊】2014 年 9 月 1 日。

患者心情极佳，诉能看清电视，能用冷水刷牙，畏寒减轻，出汗减少，已能坐候诊椅，面色转润，嗜睡状不显，月经漏下已止，仍耳鸣，乏力，舌脉如前，效不更方。

按语：《伤寒论》云：“少阴之病，脉微细，但欲寐”，从患者“嗜睡，面色晦暗及脉细”症状，断为少阴阳虚证。《黄帝内经》有云“气脱者，目不明”，患者视物昏花，从温补肾阳入手；患者畏寒怕冷，坐候诊椅都觉冷，进食生冷则视物不清加重，一派脾肾阳虚之象，故应补脾肾之阳，选方附子理中丸为主方；月经漏下不止，仍责之阳虚，因《黄帝内经》有云：“阳气者若天与日，失其所则折寿而不彰”，患者病起气不摄血，久则气阴两虚，阳随液脱，合以胶艾四物汤，加止血药物，以宗急则治其标之意。惧风、怕冷、汗出、晨起鼻涕多，是肺气虚之表现，宜益气固表，助阳化气，故合防己黄芪汤。药证相符，疗效渐佳，故一诊药后即视力好转能看电视，二诊药后，月经漏下止，头晕好转，畏冷症状明显减轻。

十四、痛痹验案

李某，女，32 岁。

【初诊】2014 年 8 月 20 日。

【主诉】膝冷痛间作 4 年。

【现病史】4 年前，即生小孩后的第 2 年出现膝冷病，每月发作 1 ~ 2 次，膝痛时晚上不能入睡，需使用活络油擦皮肤至发烫才能入睡，多处治疗不效，遂来求治。现症：膝冷痛症状如前，伴腿软，膝软，脚跟痛，四季均需盖被，怕冷，腰酸软，夜尿 2 ~ 3 次，且夜尿时必痛，经前经后均尿痛，每月感冒 1 次，每次要 10 天以上才能恢复，精神不振，中午必须睡觉，但午睡后仍头昏，大便 2 ~ 3 日一次，每次要排半小时，大便黏滞不爽，口苦，喜热饮，舌质淡红，苔黄腻，脉细。

【中医诊断】痹症（疼痹）（肾阴阳两虚夹湿热）。

【治法】温肾利水、益气养阴、清热利湿。

【方药】真武汤合生脉饮合八正散。

茯苓 20 g，炒白术 10 g，白芍 20 g，熟附子 30 g（先煎），红参 5 g，炙甘草 10 g，川牛膝 15 g，乳香 15 g，没药 5 g，藕节 10 g，蒲黄 10 g，木通 10 g，滑石 20 g（包煎），生地 10 g，当归 10 g，栀子 10 g，淡竹叶 10 g，酒大黄 10 g（后下），麦冬 10 g，五味子 5 g。7 剂。

【二诊】2014 年 9 月 3 日。

药后腿软好转，夜尿减少，偶尔 1 ～ 2 次，但尿时有疼痛，口苦，苔黄腻，舌质淡红，脉细，效不更方。

【三诊】2014 年 9 月 22 日。

膝冷痛明显好转，去年换季的时候，会痛得难以入睡，现在已无这种情况，精神明显好转，现在中午可以不午睡仍精力充沛，下午能打麻将。2 天前因穿短裙感冒，仅服一天药感冒就好转，夜尿明显减少，偶尔一次夜尿；尿痛已明显减轻，现在仅月经前有尿痛；腰累减轻，左脚跟痛减轻，大便 1 ～ 2 天 / 次，仍黏滞不爽，舌脉如前，效不更方。

按语：《黄帝内经》云："风寒湿三气杂至，合而为痹，其风气胜者为行痹，寒气胜者为痛痹，湿气胜者为着痹。"患者以冷痛为主，为寒痹也。此患者之寒痹证非风寒湿外邪痹阻所致。理由如下：患者精神极度疲倦，时时欲睡，脉细，有少阴证即所谓"少阴之为病，脉微细，但欲寐"，肾阳虚明显；怕冷，夜尿多，是肾阳虚水泛证；患者冷痛要用活络油擦至烫手疼痛才能缓解，表明既有阳气不通，又有阴气不通，即《金匮要略》云："阳气不通则身冷，阴气不通即骨疼"；除此之外，还有湿热郁阻的一面，因有口苦，大便黏滞不爽，小便涩痛，热痛，湿热一除，阳气被郁遏的情况得以缓解，故精神舒展，膝冷痛减轻。患者怕冷、四季盖被、夜尿多、腰酸软、易感冒且难愈，一派虚象尽显，且症状易被辨识，前医肯定用了不少温肾壮阳，益气固表之汤，为何效不显？估计病机不尽明了，且看患者还有大便虽干结但黏滞不爽，小便涩痛、口苦、苔黄腻，另有一番湿热之象，恐怕诸医未察；显然患者的体质是肾阳虚，卫表不固，又有膀胱湿热阳明湿热，应兼而治之。选真武汤温肾利水，选生脉饮益气养阴，选八正散清利湿热，佐乳香没药活血化瘀，用川牛膝引药下行，又补肝肾壮筋骨，药证相符，疗效显著。

十五、泄泻验案

患者黄某，男，42岁。

【初诊】2014年8月22日。

【主诉】腹泻间作4周。

【现病史】4周前出现大便稀溏，便意频频，大便4次/日，肛门灼热难受，腹部胀痛，食物消化不良，乏力，经西医治疗不效，遂来求治。现症：上述诸症如前，加有口干，少许忧郁，易烦躁，喜热饮，口苦，舌质淡红，苔黄腻。双尺脉略浮。

【中医诊断】泄泻（湿热蕴结、肾阴阳两虚，肝郁脾虚）。

【治法】清利湿热、益气养阴、温阳健脾。

【方药】连朴饮合柴芍六君子汤加生脉饮。

茯苓20 g，干姜5 g，红参5 g，炙甘草10 g，淡豆豉5 g，石菖蒲5 g，法半夏5 g，栀子5 g，芦根10 g，厚朴20 g，黄连5 g，柴胡10 g，白芍10 g，炒白术10 g，陈皮10 g，麦冬10 g，五味子5 g。2剂。

【二诊】2014年8月23日。

患者传来喜报，信息中说，昨晚中药效果很好，症状明显减轻，腹没有胀痛，胃口大好，大便成形畅快。

【三诊】2014年8月27日。

随访患者，说大便正常，诸症消除。

按语：患者因腹泻、腹胀痛、纳差、口干、口苦、乏力、烦躁诸症，经西医治疗不效，用中药2剂，诸症消除。中医药所开之方为何效如桴鼓？抓准了三个关键：一是湿热，大便里急后重，肛门灼热，大便黏滞不爽，口苦，苔黄腻，是明显湿热之象；二是肝郁脾虚，纳差，喜热饮，久病不愈心情忧郁，左关脉弦；三是出现乏力，易烦躁不怕冷，口干，双尺脉略浮，是肾气阴两虚之象。《金匮要略》云：“尺脉浮为伤肾”，但未出现怕冷，所以考虑肾阳未受伤，而口渴者，所以确存肾阴亏虚一面，抓住了病机，选对了方，故效如桴鼓！

十六、口腔溃疡验案

患者韩某，女，45岁。

【初诊】2015年6月29日。

【主诉】口腔溃疡5年。

【现病史】5年前出现口腔溃疡，上下唇及舌尖、舌边、口腔内溃疡层出不尽。遍访名医不效，痛苦难忍，纳食艰难，有时因疼痛而昏倒。现诸症如前伴乏力；月经期提前半个月、量多，行经10天，少许血块，舌质红，苔黄腻，脉沉细。

【中医诊断】口疮（湿热兼气阴两虚）。

【方药】甘草泻心汤合人参养营汤。

炙甘草30 g，清半夏10 g，黄连10 g，干姜10 g，黄芩20 g，白术5 g，茯苓5 g，红参5 g，当归5 g，白芍5 g，熟地10 g，陈皮5 g，五味子5 g，炙远志5 g，生姜10 g，大枣20 g。3剂，水煎服。

【二诊】2015年7月1日。

症状如前，舌质红、苔薄黄腻，脉沉细（图4–9）。

师父经验：舌咽喉部炎症及肿瘤用普济消毒饮合人参养营汤，方药如下。

黄芩15 g，黄连5 g，陈皮15 g，甘草5 g，玄参5 g，柴胡10 g，桔梗10 g，连翘10 g，板蓝根10 g，马勃10 g，牛蒡子10 g，薄荷10 g（后下），僵蚕10 g，升麻10 g，党参10 g，白术10 g，茯苓5 g，当归5 g，白芍5 g，熟地15 g，五味子5 g，炙远志10 g，生姜10 g，大枣20 g。3剂，水煎服。

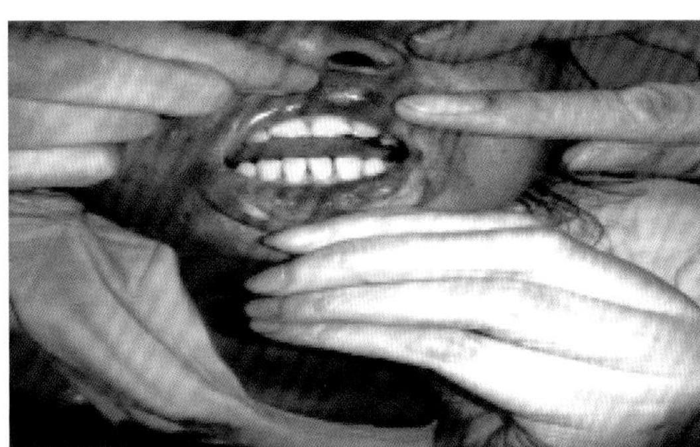

图4–9 二诊患者情况

【三诊】2015年7月6日。

服药后，仍疼，溃疡如前，舌脉如前。方用普济消毒饮合六味地黄丸加龙牡，方药如下。

玄参 10 g，柴胡 10 g，桔梗 10 g，连翘 10 g，板蓝根 10 g，马勃 5 g，牛蒡子 10 g，薄荷 10 g（后下），僵蚕 10 g，升麻 10 g，熟地 20 g，淮山药 15 g，茯苓 10 g，泽泻 10 g，山茱萸 15 g，生牡蛎 20 g（先煎），龙骨 20 g（先煎）。3 剂，水煎服。

【四诊】2015 年 7 月 8 日。

仍有口腔溃疡，下午疼甚，曾有经后痛，舌脉如前。茯苓四逆汤合五味消毒饮，方药如下。

茯苓 20 g，附子 10 g（先煎），干姜 5 g，红参 5 g，炙甘草 10 g，白花蛇舌草 10 g，金银花 5 g，蒲公英 10 g，野菊花 10 g，紫花地丁 10 g。3 剂，水煎服。

【五诊】2015 年 7 月 13 日。

口腔溃疡疼痛难忍，舌质淡红，苔薄白腻，脉左尺略浮弦，右尺沉细。

【方药】小柴胡汤合三仁汤。

柴胡 20 g，黄芩 10 g，红参 5 g，清半夏 10 g，大枣 5 g，炙甘草 3 g，淡竹叶 10 g，白豆蔻 10 g，杏仁 10 g，薏苡仁 30 g，厚朴 10 g，木通 10 g，滑石 30 g（包煎）。2 剂，水煎服。

【六诊】2015 年 7 月 15 日。

药后疼减，溃疡面成白色，舌质淡红，苔薄黄，脉沉细（图 4-10）。效不更方。

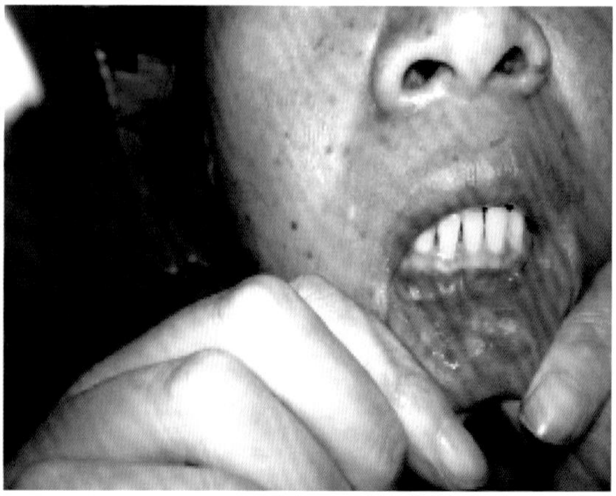

图 4-10　六诊：溃疡面成白色

【七诊】2015 年 7 月 20 日。

今晨口腔溃疡全部消失，医患皆欢，舌质淡红，苔薄白，脉沉细，效不更方（图 4-11）。

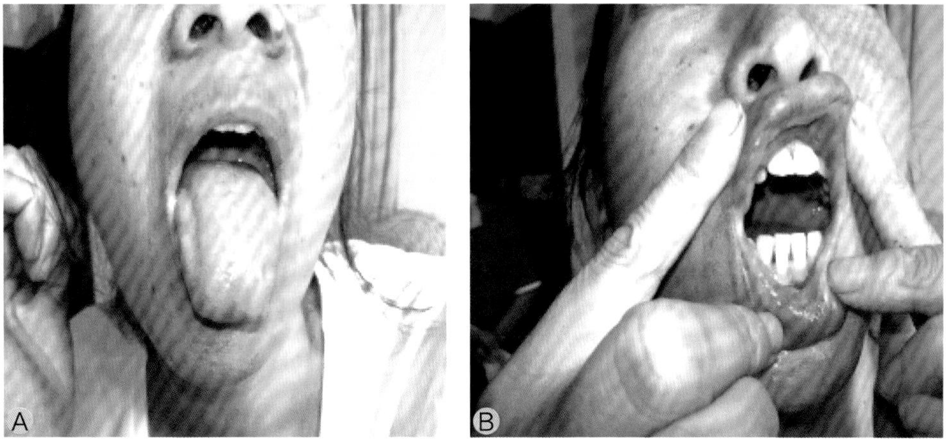

图 4-11　溃疡消失

【八诊】2015 年 7 月 27 日。

喉干、半夜为甚；口腔溃疡消失，已能吃酸；舌质淡红苔薄黄，脉双尺略浮（图 4-12）。上方加二至丸。

病理诊断：复发性阿弗他溃疡（中山大学附属口腔医院病理科）。

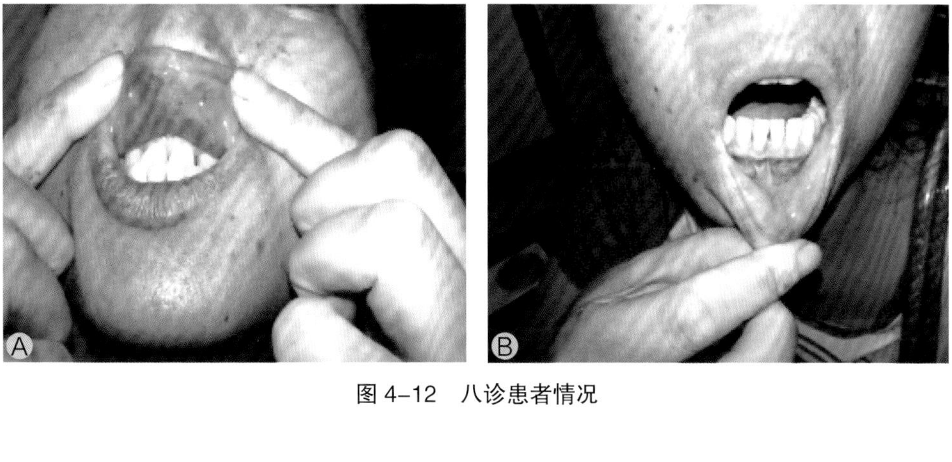

图 4-12　八诊患者情况

按语：口腔溃疡五年不愈，疼得不能上班、吃饭，真是痛苦不堪；五年来遍访名医不效，可见其病确实难医，延余诊时，吾知纯清热解毒肯定不效；遂攻补兼施，初用大师们惯用治疗口腔溃疡的甘草泻心汤合人参养营汤不效，继用师父治鼻咽喉的通方普济消毒饮合人参养营汤也不效；再用五味消毒饮合茯苓四逆汤亦不效。最后想到两点：第一，患者偶尔输液后能好转一段时间，证明存在正气不足的一面，遂用小柴胡汤扶正祛邪；第二，考虑到2015年是乙丑年，丑未太阴湿土司天，湿气主之，其苔白腻，遂合用三仁汤，药后效如桴鼓！医患皆欢！可见治疑难杂病要考虑病机特点，也要考虑季节的特点，方可奏效。

十七、肠道肿瘤验案

患者郑某，男，74岁。

【初诊】2016年5月16日。

【主诉】乏力，纳差头昏半个月。

【现病史】半个月前因出现便血在鹤山市中医院住院，查CT发现有肠道占位性病变，为进一步确诊转入佛山市某医院；入院后考虑年龄与体质，未做肠镜检查；其子欲中医调理。现症：乏力、纳差，头昏，喜热饮，饮凉则胃不适，面色淡白，早醒，易忧郁，大便秘，黏滞不爽；舌质淡红，苔黄腻，双尺关浮弦。

【中医诊断】肠瘤（湿热蕴结、肝郁、气阴两虚）。

【方药】理中汤、生脉饮、四逆散、宣白承气汤、泻心汤。

红参10 g，麦冬10 g，炒白术10 g，炙甘草10 g，当归10 g，五味子10 g，黄芪50 g，白芍20 g，柴胡10 g，枳壳10 g，黄连5 g，黄芩5 g，大黄10 g，生石膏15 g，杏仁10 g，火麻仁20 g，天麻10 g，厚朴30 g。

【二诊】2016年6月16日。

患者服药期间曾便血1次，未住院，照服中药，血止，今见患者已与前判若两人，精神好，面色红润饮食正常，大便仍黏滞不爽，舌质淡红，苔黄腻但比以前减轻，双尺关脉弦，效不更方。

【三诊】2016年8月1日。

患者药后未再出现便血，精神明显好转、面色红润，纳食正常；家人很高兴，说已恢复到了病前状态。舌质淡红，有时下肢肿，双尺关略浮弦。上方加五皮饮。

【四诊】2016年8月26日。

复查CT显示肠道内已无肿瘤，诸症好转，已能如常走访亲友。

按语：初见患者精神疲倦，纳差，头晕，稍食凉则腹部不适，知道有脾阳虚；血随气脱，大出血后气阴两虚，故头晕乏力、面色淡白，处以李东垣的人参饮子，以大补气血；大便黏滞不爽，苔黄腻，知有湿热，故用连朴饮及宣白承气汤；稍咳且便秘，表明肠道热结兼痰热蕴肺。用泻心汤既可泻热，若再出血又可止血，确保药后有惊无险！虽再次便血，并未住院治疗，坚持服中药而愈。

十八、脱疽验案

患者张某，女，80岁。

【初诊】2018年5月5日。

【主诉】双下肢溃疡、疼痛3个月。

【现病史】3个月前出现双下肢溃疡、右下肢疼痛，右第一足趾干黑，在佛山市某人民医院治疗诊断为“双下肢动脉硬化闭塞症”，已行支架形成术。现症：双足轻度浮肿，潮红、双下肢溃疡、疼痛，右足第1、第5趾坏疽及右胫前溃疡明显（图4–13），大便3 ~ 5天一次，且黏滞不爽，背部发热；纳差，难入睡，又早醒；喜热饮，舌质淡红苔薄白，脉双尺浮弦，左关弦甚，右关弦。

【既往史】高血压病、冠心病、原发性血小板增多症。

【中医诊断】坏疽（湿热下注、脾气虚、肾阴虚、肝郁）。

【治法】清热利湿、健脾、疏肝滋阴。

【方药】四妙散合五苓散合补中益气汤、六味地黄丸、小柴胡汤。

苍术30 g，黄柏10 g，川牛膝20 g，薏苡仁15 g，木瓜15 g，威灵仙15 g，黄芪10 g，陈皮5 g，升麻5 g，北柴胡12 g，党参5 g，当归5 g，炙甘草10 g，生白术10 g，黄芩4.5 g，大枣10 g，生姜10 g，法半夏4.5 g，猪苓10 g，泽泻20 g，茯苓10 g，赤芍20 g，肉桂6 g，熟地黄10 g，山药7.5 g，牡丹皮5 g，山茱萸7.5 g，生牡蛎20 g，生龙骨20 g，金银花20 g。

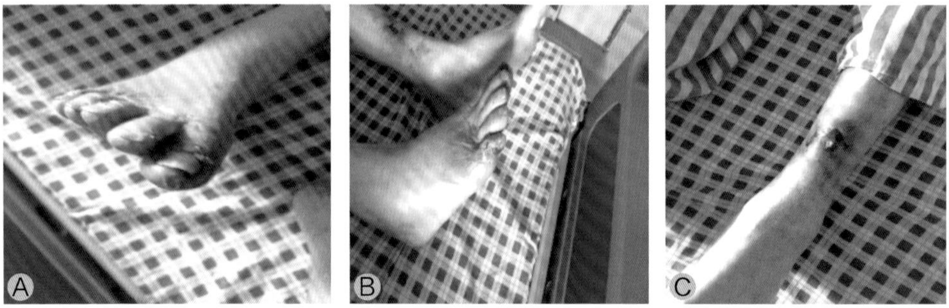

图 4-13　初诊时患者情况

【二诊】2018 年 5 月 8 日。

药后溃疡明显吸收，水肿明显减轻，局部皮肤已不潮红，疼痛减轻（图 4-14）。

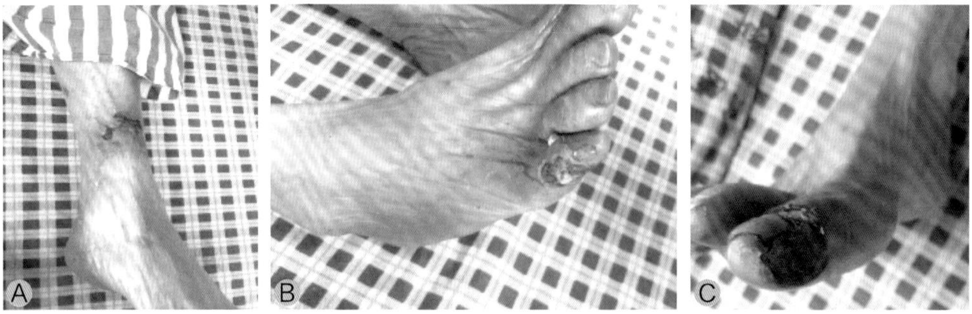

图 4-14　溃疡明显吸收，水肿明显减轻

【三诊】2018 年 5 月 14 日。

患者药后溃疡几乎完全吸收水肿不存，局部皮肤无潮红，疼痛明显减轻纳食增加，已能吃一小碗饭；睡眠良好；背部发热已明显减轻。坏疽已缩小，疗效很满意（图 4-15）。舌脉如前，效不更方。

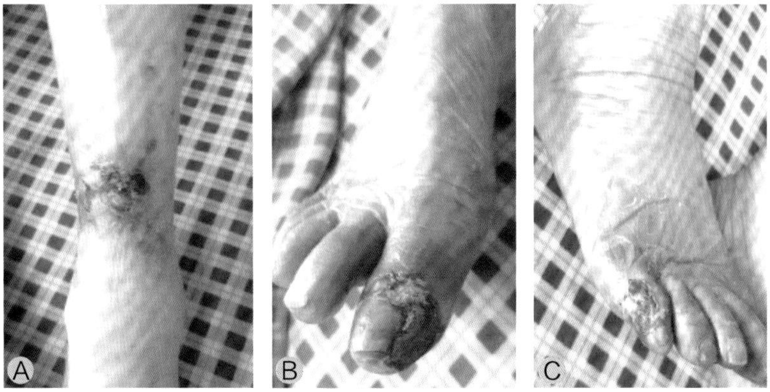

图 4-15　溃疡完全吸收水肿不存

【四诊】2018 年 6 月 5 日。

患者病情进一步好转（图 4-16）。

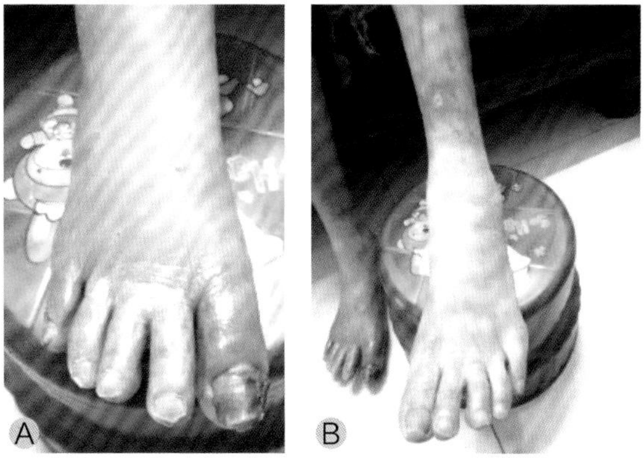

图 4-16　患者病情进一步好转

按语：《黄帝内经》云："腰以下肿当利小便。"患者大便黏滞不爽，从而断定有湿热，故用四妙散为主方，加上五苓散以增强利水之功；纳差，右关弦，知是脾气虚，故用补中益气汤；双尺脉浮弦，《黄帝内经》云："尺脉浮弦为肾虚"，加之背发热，知为肾阴虚，故用六味地黄丸；左关弦甚，知有肝气不舒，故用小柴胡汤。药后诸症好转，效如桴鼓，说明药证相符。

十九、银屑病验案

患者邓某，女，37 岁。

【初诊】2016 年 1 月 4 日。

【主诉】皮疹伴脱屑、瘙痒 7 年，加重 1 个月。

【现病史】7 年前，出现皮疹伴脱屑，瘙痒，在广东省中医院诊断为“银屑病”，近 1 个月银屑病加重，面部以外的皮肤出现皮痒，脱屑，无渗液，痒明显，寒冷时为甚，伴咳嗽 2 天、白天为甚，痰黄量少质干，大便溏，2 天一次，黏滞不爽，喜热饮，不能吃凉，怕冷，口干、口苦。舌质淡红，苔黄腻，脉双尺浮弦。

【中医诊断】银屑病（湿热夹表邪未解、脾肾阳虚）。

【治法】疏风解表、清利湿热、温补脾肾。

【方药】麻黄连翘赤小豆汤合附桂理中丸。

红参 5 g，干姜 10 g，炒白术 10 g，炙甘草 10 g，附子 20 g（先煎），肉桂 9 g，麻黄 12 g（先煎），连翘 5 g，赤小豆 10 g，杏仁 10 g，桑白皮 5 g，生姜 10 g，大枣 30 g。2 剂。

【二诊】2016 年 1 月 6 日。

药后皮疹颜色变淡，有结痂，咳嗽好转，大便黏滞不爽现象有好转，舌脉如前（图 4–17）。效不更方，继服 5 剂。

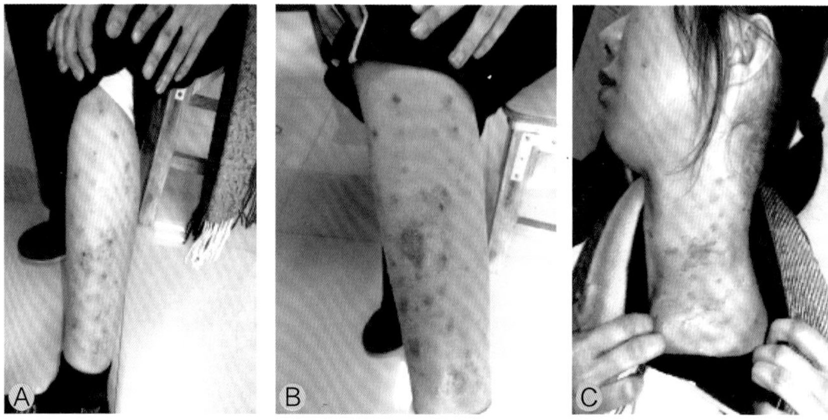

图 4–17　皮疹颜色变淡

【三诊】2016年1月18日。

药后咳嗽已止，昨天生吃10粒红枣则胃胀，舌质淡红，苔薄黄腻，脉双尺浮弦。守原方加五皮饮及干姜、生姜、大枣。

【四诊】2016年1月25日。

药后躯干及下肢明显好转，颈及头部仍变化不大，舌脉如前，守上方加荆芥、防风。

【五诊】2016年2月1日。

仍以颈部及头部皮疹为甚，舌脉如前，上药加羌活。

【六诊】2016年2月17日。

药后效果明显，舌质淡红，苔薄黄腻，脉双尺浮弦（图4-18）。效不更方，守上方10剂。

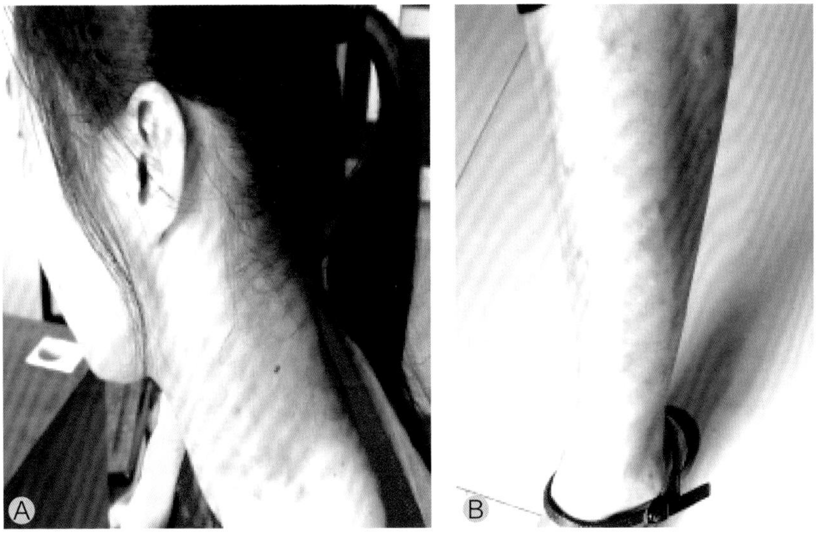

图4-18　药后效果明显

【七诊】2016年5月4日。

诸症好转（图4-19）。

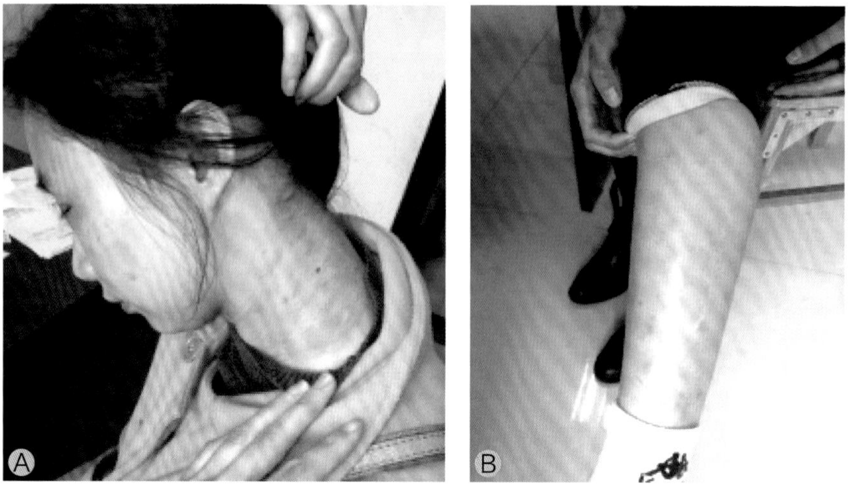

图 4-19　七诊：皮疹基本消失

按语：初治银屑病（牛皮癣）时，笔者的中医辨证思路：皮疹、脱屑处于皮肤之表，辨为有表邪；大便黏滞不爽、苔黄腻，辨为有湿热，遂用能祛湿兼有表邪的麻黄连翘赤小豆汤；患者不能吃凉性食物，表明脾阳已虚；患者双尺脉浮弦，《黄帝内经》云："尺脉浮弦为肾虚"，加之怕冷，表明肾阳已虚，故选用桂附理中丸温补脾肾之阳。黑龙江皮肤病名医王玉鑫经验："凸出皮肤的东西均为湿"；《金匮要略》云："诸病水肿，腰以上水肿，当发汗乃愈；腰以下水肿，当利小便"。水湿同源，治则相同，故选用荆芥、防风、羌活来祛风发汗除湿，选用五皮饮利水祛湿。药后均起到立竿见影之效。

二十、带状疱疹验案

患者廖某，男，50 岁。

【初诊】2018 年 1 月 1 日。

【主诉】后肋及背起皮疹 2 天。

【现病史】2 天前在不明诱因下出现后肋及背部起红色皮疹、呈带状、局部疼痛，灼热（图 4-20）；伴难入睡，早醒、怕冷；素体胃寒，太凉则胃不适，不准时吃饭则手软；舌质淡红，苔黄腻，双尺脉浮弦，左关弦甚，右关弦。

【中医诊断】带状疱疹（肝胆湿热、肾阳虚、脾阳虚）。

【治法】清肝胆湿热、重镇安神、温补脾肾之阳、健脾益气。

【方药】栀子清肝饮合柴胡加龙骨牡蛎汤、肾气丸合理中丸、补中益气汤。

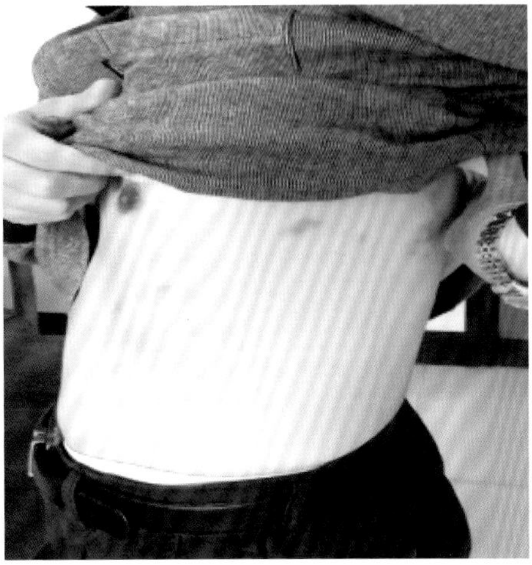

图 4-20　初诊：后肋及背部红色皮疹

大黄 12 g，麸炒枳实 9 g，黄芩 9 g，赤芍 9 g，大枣 30 g，生姜 10 g，北柴胡 24 g，法半夏 9 g，金钱草 30 g，海金砂 30 g，鸡内金 30 g，牛蒡子 10 g，炒栀子 10 g，生石膏 15 g，延胡索 15 g，川楝子 30 g，生龙骨 30 g，生牡蛎 30 g，党参 9 g，茯苓 9 g，煅磁石 30 g，干姜 20 g，麸炒白术 10 g，炙甘草 20 g，黄芪 10 g，陈皮 10 g，升麻 5 g，当归 5 g，熟地黄 10 g，川芎 8 g，醋龟甲 10 g，肉桂 9 g，山药 7.5，泽泻 5 g，牡丹皮 5 g，山茱萸 7.5 g，黑顺片 6 g。7 剂。

【二诊】2018 年 1 月 11 日。

电话诉药后皮疹已变暗淡，呈结痂状；已不痛，已无不适，可以打篮球，并发来照片（图 4-21）。

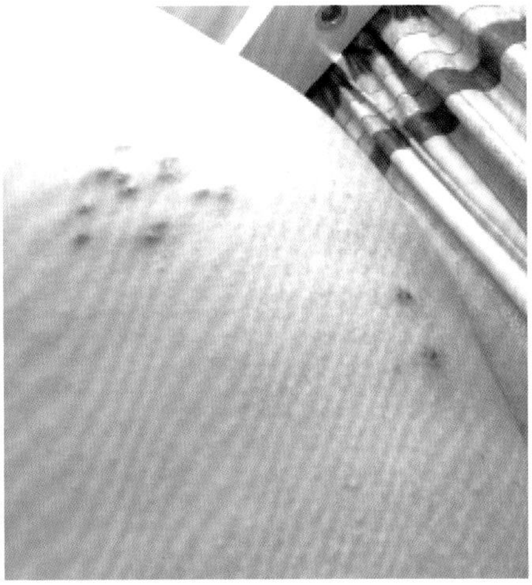

图 4-21　二诊：皮疹变暗淡呈结痂状

按语：该患者的带状疱疹，仅七剂中药而愈，未用任何其他药物。说明纯中药治带状疱疹有效。患者两肋皮疹潮红、局部灼热、疼痛，考虑肝胆有热，遂用栀子清肝饮；患者难入睡，左关弦甚。《伤寒论》云："伤寒八九日，下之，胸满烦惊，小便不利，谵语，一身尽重，不可转侧者，柴胡加龙骨牡蛎汤主之。"早醒、怕冷、双尺脉浮弦，考虑为肾阳虚。《金匮要略》云："尺脉浮为伤肾。"《黄帝内经》云："尺脉浮弦为肾虚，入于阴则寐，阳出于阴则寤。"《医贯》云："肾阴虚基础上加怕冷就是肾阳虚"，遂用肾气丸加枕中丹。吃太凉则胃不适，考虑为脾阳虚，遂用理中丸；李东垣《内外伤辨惑论》指出，不准时吃饭则手软是脾虚，遂用补中益气丸。有是证便用是方，药证相符，遂效如桴鼓！

二十一、湿疹验案

患者黎某，女，79岁。

【初诊】2018年11月9日。

【主诉】全身皮疹伴瘙痒间作1年、右下肢肿8天。

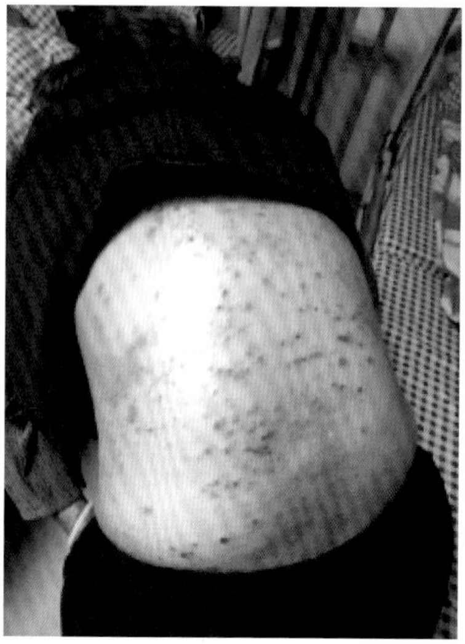

图4–22　初诊皮疹图片

【现病史】1年前出现全身皮疹、瘙痒，治疗不效，遂求于吾。现症：全身皮疹（图4–22）、明显瘙痒，身痒夜间为甚，经常便秘，右下肢肿，心情抑郁，舌质淡红，苔薄黄，双尺脉浮弦左关弦数。

【中医诊断】湿疹（肝胆湿热、肾阴虚）。

【治法】清利湿热、祛风止痒、补肾阴潜阳。

【方药】消风败毒散合大柴胡汤合六味地黄丸加枕中丹。

葛根24 g，黄芩9 g，黄连9 g，炙甘草10 g，升麻10 g，黄柏10 g，银花10 g，连翘10 g，羌活10 g，防风10 g，蝉蜕10 g，熟地20 g，当归10 g，赤芍9 g，川芎8 g，柴胡24 g，大黄6 g，法夏9 g，生姜10 g，大枣30 g，枳实9 g，丹皮10 g，泽泻10 g，山茱萸15 g，淮山药15 g，茯苓10 g，龙骨20 g，牡蛎20 g，石菖蒲20 g，远志10 g，炒龟板10 g。

【二诊】2018年11月11日。

药后右下肢肿明显减轻，皮疹颜色变淡，瘙痒减轻，舌脉如前，效不更方。

【三诊】2018年11月16日。

药后右下肢肿消失，全身皮疹颜色明显变淡，夜间偶有瘙痒感（图4–23）。舌质淡红，苔薄黄腻、双尺略浮弦，左关弦甚。效不更方。

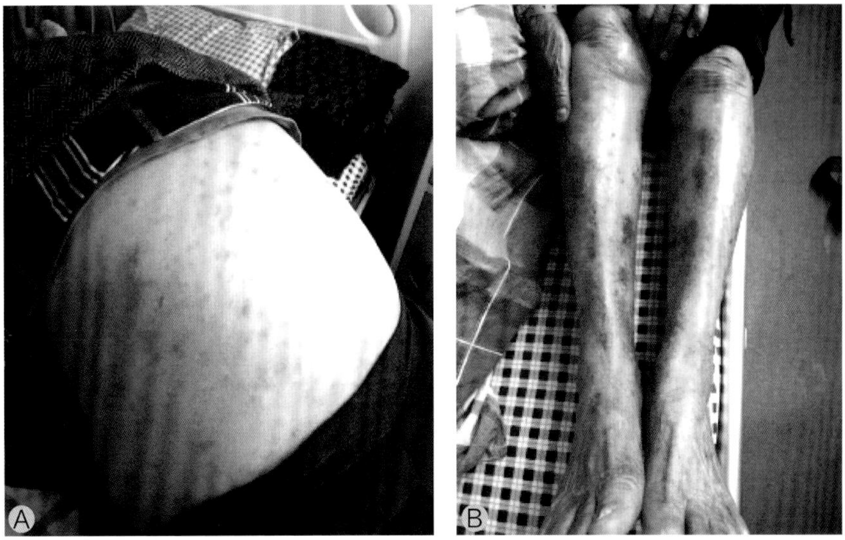

图 4-23　皮疹颜色变淡，右下肢肿消失

按语：患者出现皮疹，瘙痒已 1 年，右下肢肿 8 天，舌苔黄腻，知有湿热蕴结，故用消风败毒饮清热利湿祛风止痒；大便秘结，心情抑郁，为少阳证加阳明腑实证，是大柴胡汤证，用大柴胡汤疏肝利胆通腑；双尺浮弦是肾阴虚，故用六味地黄丸。药后诸症迅速好转，证明方证相符。

二十二、不孕症验案

患者丘某，女，21 岁。

【初诊】2015 年 12 月 2 日。

【主诉】婚后 1 年未孕。

【现病史】婚后 1 年在未采取避孕措施情况下未孕，遂来求治。现症：月经后期，有时推迟 5 天，有时推迟半个月，经量正常、色鲜红、有时夹少许血块，有黄带，喜冷饮，大便有时黏滞不爽，怕冷，睡时脚冷。舌质淡红，苔薄黄，双尺脉偏浮。

【中医诊断】不孕症（肾阳虚兼湿热下注）。

【治法】温补肾阳，清利湿热。

【方药】附子汤合易黄汤。

熟附片 20 g（先煎），干姜 10 g，肉桂 9 g，麻黄 9 g，赤芍 10 g，炙甘草 10 g，细辛 9 g，五味子 10 g，法半夏 12 g，柴胡 25 g，黄芩 15 g，红参 10 g，大枣 30 g，生姜 25 g。15 剂。

【二诊】2016 年 3 月 10 日。

其姐代诉丘某已怀孕。

按语：《医学三字经》云："月信准，体自康；渐早至，药宜凉；渐迟至，重桂姜。"月经延后表明是虚证。阳气起于四肢之末，睡时脚冷，表明阳虚；《金匮要略》云："尺脉浮为伤肾"，怕冷，脚冷，尺脉浮，表明已有肾阳虚；大便黏滞不爽，表明肠道有湿热；有黄带，表明有湿热下注；苔黄腻，表明有湿热。四诊合参，该患者是肾阳虚导致月经后期，并进一步导致不孕；同时该患者兼有湿热；治以温补肾阳，清热利湿。药证相符，迅速怀孕，医患皆欢！

二十三、黄褐斑及痤疮验案

患者何某，女，43 岁。

【初诊】2017 年 1 月 9 日。

【主诉】面部痤疮及黄褐斑 2 个月。

【现病史】2 个月前面部出现痤疮及黄褐斑，用药不效，遂来求治。现症：面部密布黄褐斑及痤疮，口干明显，稍吃燥热之品则喉痛。经量少，经期延后，有黄带。纳差，胃痛反酸，有时有烧心感；怕冷，晚上尤甚；动则出汗，容易感冒；性急，少许忧郁，难入睡；大便每日 2 次，有黏滞不爽。舌质淡红，苔黄腻，双尺脉浮弦、左为甚，左关弦甚。

【中医诊断】痤疮、黄褐斑（湿热、肾阳虚夹寒湿、胃热、肺脾气虚、肝郁）。

【治法】清热利湿、祛风、温肾阳祛寒湿、补肺气、清胃热。

【方药】消风败毒散、二冬汤、温经摄血汤、芪附桂枝五物汤合黄芪龙牡汤、甘草附子汤、大柴胡汤、疏肝散、左金丸、化肝煎。

【二诊】2017 年 1 月 16 日。

药后面部痤疮及黄褐斑稍减、睡眠明显好转，容易饥饿，大便 3~4 次 / 天，便后则舒。舌质淡红，苔薄黄腻，双尺脉浮弦，左关弦甚，效不更方。

【三诊】2017 年 2 月 8 日。

药后颜面黄褐斑及痤疮显减，感冒明显减少，但有早醒，舌质淡红苔薄黄腻，双尺脉浮弦，左关弦甚。上方加五子衍宗丸增强补肾之力。

【四诊】2017 年 2 月 28 日。

胃痛，吃胃仙 U 后舒。纳差，虽饥不欲多食，药后月经量增多，由两天变为五天，舌质红苔黄腻，双尺脉浮弦，左为甚；左关弦甚。效不更方。黄褐斑情况见图 4–24。

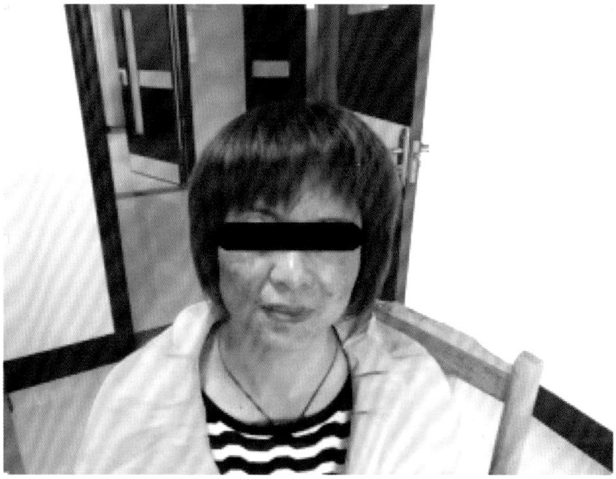

图 4–24　四诊：黄褐斑情况

【五诊】2017 年 4 月 3 日。

药后面部黄褐斑明显减轻，痤疮已消失，舌质淡红，苔薄黄腻、脉左尺关浮弦，效不更方（图 4–25）。

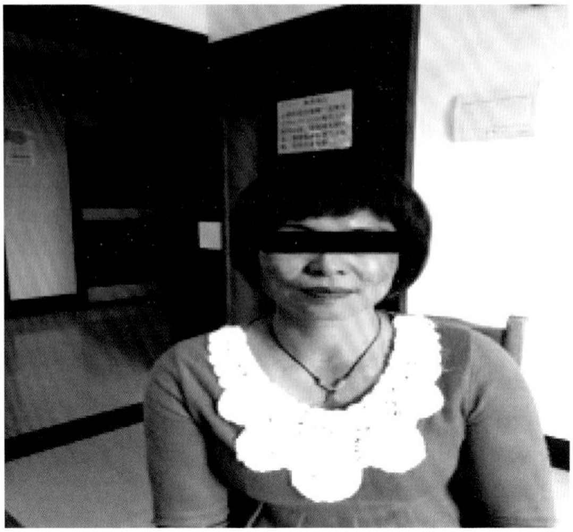

图 4-25　黄褐斑明显减轻

【六诊】2017 年 5 月 2 日。

药后面部黄褐斑进一步减少（图 4-26），经期推后 18 天、量少；舌质淡红、苔黄腻，脉双尺浮弦，左关弦甚。效不更方。

图 4-26　黄褐斑进一步减少

按语：患者虽是来治面部痤疮和黄褐斑，实际上其病情非常复杂，此患者能获得满意疗效，充分体现了中医的整体观念。患者出现痤疮及黄褐斑，且大便黏滞不爽，故选用能清热、祛风胜湿、养血的消风败毒饮；患者经期推后，量少，故选用温经摄血汤来补益气血，药后经期恢复了正常，经量增多；患者胃有灼热、胃胀，表明胃有热且气机阻滞，故选用清胃热的化肝煎及疏肝理气止痛的疏肝散合金铃子散；患者易感冒、怕冷，故选用芪附桂枝五物汤以固表；患者怕冷、多衣，故选用温肾阳祛寒湿的甘草附子汤；左关脉弦甚，大便黏滞不爽，表明有肝胆湿热，故选用大柴胡汤；有黄带，本来会选《傅青主女科》的易黄汤，但国医大师梅国强认为葛根芩连汤治黄带效果更好，而消风败毒饮中正好含有此方，故不再选其他方。动则汗出，表明气虚，故选用了黄芪龙牡汤；双尺脉浮弦表明有肾虚，选用了古代补肾第一方“五子衍宗丸”。口干明显，用养阴清胃热的二冬汤。选用诸方，各走其道，药后诸症明显减轻，表明药证相符。值得一提的地方有两点：面对多脏腑且寒热虚实夹杂的患者，应整体调治！有什么证，就用什么方，可以合而治之；多方联用时，主证主方药量宜重，兼证的药量宜轻。

二十四、膏方治疗漏下验案

患者何某，女，21岁。

【初诊】2017年1月11日。

【主诉】月经淋漓不尽4个月。

【现病史】4个月前出现月经淋漓不尽，遂来求治。现症：月经淋漓不尽，平素经期推后，经期少腹疼痛剧烈、有时疼痛欲呕，脱发明显；怕冷、手足及背均冷，但穿衣不多；易喉痛；易疲倦乏力；颜面有痤疮。舌质淡红，苔黄腻，脉双尺偏浮，左关弦甚。

【中医诊断】漏下（冲任虚寒、阴血不能内守）、经期推后（气血虚），痛经（气血虚），脱发（肾虚）、痤疮（湿热）。

【治法】温肾摄血、补益气血、疏通气机、清热利湿。

【方药】肾气丸、五子衍宗丸、神应养真丹、东垣人参饮子、胶艾四物汤、温经摄血汤、调经汤、甘桔翘荷汤、柴胡桂枝汤，加辅料，做成膏方。

【二诊】2017年5月3日。

患者自诉服膏方后1个月，月经就不再淋漓不尽了；吃了2个月膏方后，经期不再推后，痛经也明显减轻，痤疮明显减少，精神明显好转，不容易喉痛了，怕冷情况有改善。舌质淡红，苔薄黄腻，双尺脉偏浮弦。患者要求继服膏方，效不更方。

按语：患者服膏方前病情复杂，除了漏下外，还有经期推后、痛经、脱发、疲劳、乏力、痤疮、经常喉痛，药后诸症明显减轻或消除，患者大悦，主动要求再开膏方。为何膏方有如此神效？国医大师裘沛然说："膏方是大方，大方起沉疴。"（这里所说的大方就是将很多方拼在一起）。同时，古代先贤汪机说："凡汤丸之有效者，悉可熬膏也。"此话有两个意思，其一，膏方是丸、散、膏、丹、汤、露、锭等传统剂型之一；其二，膏方一年四季均可服用。在临床上，只是依据春夏秋冬季节的不同，依次加一些疏肝药、祛湿药、养阴药、温阳药即可。此患者病症极其复杂，医者抓住了每一个病症的病机，选择对证的方剂，合而成大方，做成膏方，取得了满意疗效。

具体开方思路如下，漏下不止，考虑是冲任虚寒，阴血不能内守所致，选用治漏下通方胶艾四物汤；脱发、易疲劳、怕冷、双尺脉偏浮，考虑为肾阳虚（《金匮要略》云："尺脉浮为伤肾"），合用肾气丸、五子衍宗丸、神应养真丹、东垣人参饮子；经期推后为气血虚，选用《傅青主女科》的温经摄血汤；经期腹痛，考虑为气血虚，选用《傅青主女科》的调经汤；怕冷、手足及背均冷，但穿衣不多，《金匮要略》云："阳气不通则身寒"，考虑是阳气郁阻不通所致身冷，故选用柴胡桂枝汤；若怕冷又多衣，则表明肾阳虚和寒湿均很重，就会选用甘草附子汤。喉痛，用《温病条辨》的甘桔翘荷汤。诸方中有清热和祛风湿的药，故痤疮亦得到满意控制。

二十五、胆结石验案

王某，男，4岁。

【初诊】2015年8月25日。

【主诉】右胁痛间作半年。

【现病史】半年前因过食油腻及燥热之品出现右胁痛，B超示：胆囊多发性结石，大者约 10 mm × 7 mm，胆囊壁粗糙，胆囊壁增厚。遂来求治。现症：右胁胀痛，面色萎黄，性急躁，舌质淡红，苔薄黄，脉左尺关偏浮弦。

【中医诊断】胁痛（肝郁夹湿热、脾虚、肾阴虚）。

【治法】疏肝解郁、清热利胆、健脾、滋阴。

【方药】疏肝散合三金及四君子汤、二至丸。

【二诊】2017 年 1 月 18 日。

药后右胁不痛，于 2017 年 1 月 17 日在福建医科大学附属漳州市医院复查 B 超：胆囊壁不厚，胆囊内探及一个高回声团，大小约 10 mm × 6 mm，遂来复诊。现症：面色萎黄，盗汗、晚上口干，动之则汗，性急躁，舌质淡红，苔薄黄，脉左尺关偏浮弦。守原方加黄芪龙牡汤及六味地黄丸合二冬汤。

按语：儿童胆结石影响消化，进而影响发育，患者药后胆囊结石由多个变为一个，胆囊壁变光滑，表明中药治儿童胆结石及胆囊炎是有效的！辨证思路，腑以通为用，故用柴胡疏肝散，加用三金以加强清热利胆排石功效；面色萎黄是脾气虚，故加四君子汤；左尺浮弦，考虑有肾阴虚，盗汗、口干烦、易烦躁，均为阴虚之证。药证相符，效果明显。

二十六、全成分治疗小儿咳嗽验案

患者夏某，男，3 岁 6 个月。

【初诊】2016 年 5 月 30 日。

【主诉】咳嗽间作 1 个月，加重 4 天。

【现病史】1 个月前出现咳嗽，用药及煲汤后好转，半个月前吃西瓜后咳嗽加重，服汤后好转。4 天前饮牛奶后咳嗽又加重了，遂来求治。现症：咳嗽频繁（家长说咳得很厉害），有白色稀痰，很困倦，无力抬头及睁眼，被妈妈抱在怀中，其母代诉，咳则出汗，大便三日未行。平素动则汗出，很怕风扇吹。易烦躁。舌质淡红，苔黄腻，脉双尺浮弦。

【中医诊断】咳嗽（风寒袭肺夹湿热、肺气虚、气阴两虚脾阳虚、肾阴虚）。

【治法】祛风散寒、益气养阴、固表止汗、温脾阳、补肾阳。

【方药】止嗽散合生脉饮及理中丸、黄芪龙牡汤加减、麻黄连翘赤小豆汤去麻黄。

桔梗2.5 g，荆芥2.5 g，紫菀2.5 g，百部2.5 g，前胡2.5 g，陈皮2.5 g，炙甘草2.5 g，煅龙骨5 g，煅牡蛎5 g，浮小麦10 g，红参2.5 g，麦冬2.5 g，五味子2.5 g，麸炒枳壳2.5 g，竹茹5 g，赤小豆5 g，桑白皮2.5 g，肉桂2.5 g，赤芍2.5 g，生姜2.5 g，大枣7.5 g。全成分二剂冲服。

【二诊】2016年6月1日。

药后咳嗽显减，精神很好。晚上仍有少许咳嗽，舌质淡红苔黄腻，脉双尺略浮，效不更方。

【三诊】2016年6月8日。

其母代诉，药后基本上不咳嗽了，大便已正常。2天前吃了红豆薏米粽子后喉中似有物，仍有少许动之则汗，守原方加半夏厚朴汤。

桔梗2.5 g，荆芥2.5 g，紫菀2.5 g，百部2.5 g，前胡2.5 g，陈皮2.5 g，炙甘草2.5 g，煅龙骨5 g，煅牡蛎5 g，浮小麦10 g，红参2.5 g，麦冬2.5 g，五味子2.5 g，麸炒枳壳2.5 g，竹茹5 g，赤小豆5 g，桑白皮2.5 g，肉桂2.5 g，赤芍2.5 g，生姜2.5 g，大枣7.5 g。

按语："伤风不醒便作痨"，感冒久不愈导致患儿气阴两虚！奄奄一息，动则汗出，大便秘结便是明证；因此必须马上治愈。处方思路："形寒寒饮则伤肺"，两次诱发加重均是吃了寒凉之品（西瓜、牛奶），知脾阳虚，故用理中丸；动之则汗，大便秘结，便知已有气阴两虚；故要益气养阴，固表止汗，用生脉饮合黄芪龙牡汤。《医宗金鉴·儿科心法要诀》："小儿过岁当切脉，位小一指定三关"；《金匮要略》："尺脉浮为伤肾"；虽仅3岁必须切脉，知其有肾阴虚，必须补肾。其苔黄腻，知有湿热，因多汗出，故用了麻黄连翘赤小豆汤意去麻黄；咳嗽偏寒，故用了《医学心悟》止嗽通方——止嗽散。药证相符，药后效如桴鼓！

二十七、压疮速愈验案

患者夏某，女，82岁。

【初诊】2021年2月24日。

【主诉】骶尾部压疮20天。

【现病史】20天前因长期卧床出现骶尾部压疮。经过局部护理治疗，压疮没有得到有效控制，遂采用中药治疗。现症：骶尾部压疮颜色鲜红（图4–27），伴有疼痛；嗜睡；左腿肿；大便质软；饮食和药物靠胃管鼻饲，呼之能睁眼，神志清楚，精神倦怠，偶尔能说几个字，尿黄，大便稍黏；舌质淡红，苔薄黄腻，脉双尺浮弦，右寸关浮弦。

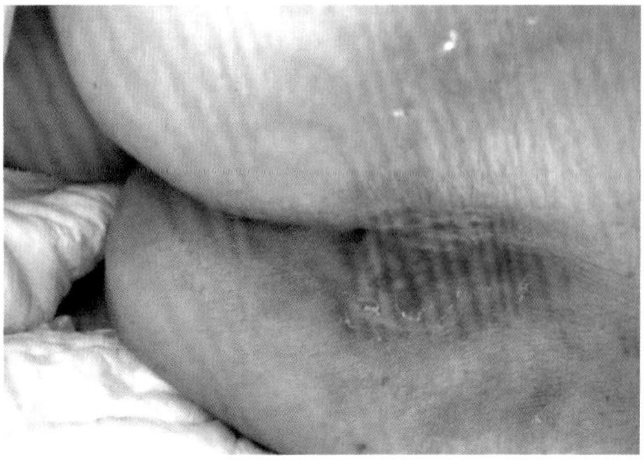

图4–27 初诊：患者压疮情况

【既往史】既往有隐匿性肝硬化，此次因出现昏迷2天住院，入院时肝功能检查仅白蛋白低。

诊断：压疮（脾肾阳虚、湿热、痰热阻窍）。

治则：涤痰开窍、补益气血 、温补脾肾、温肾利水、清利湿热。

【方药】涤痰汤、十全大补丸、附子汤、真武汤、小建中汤、葛根芩连汤、当归拈痛汤。2剂。

【二诊】2021年2月26日。

患者神志恢复。药后压疮颜色明显变浅（图4–28），效不更方。2剂。

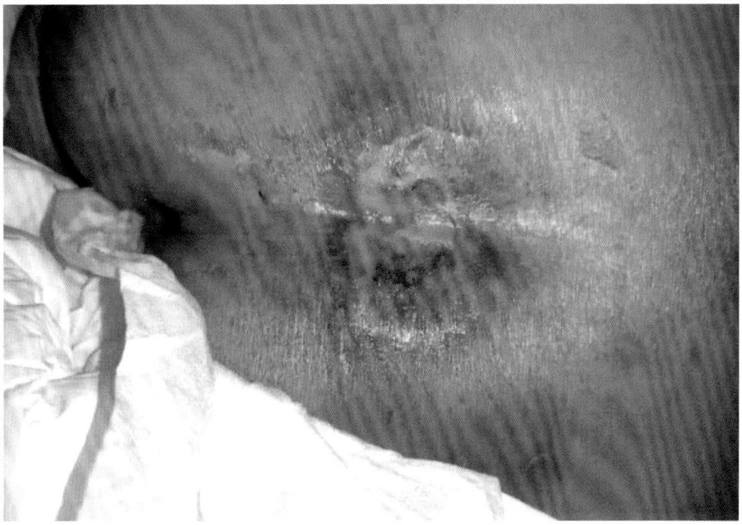

图4–28 二诊：压疮颜色变浅

【三诊】2021年2月28日。

药后压疮颜色明显变浅、变小，颜色变为灰白色（图4-29），效不更方。3剂。

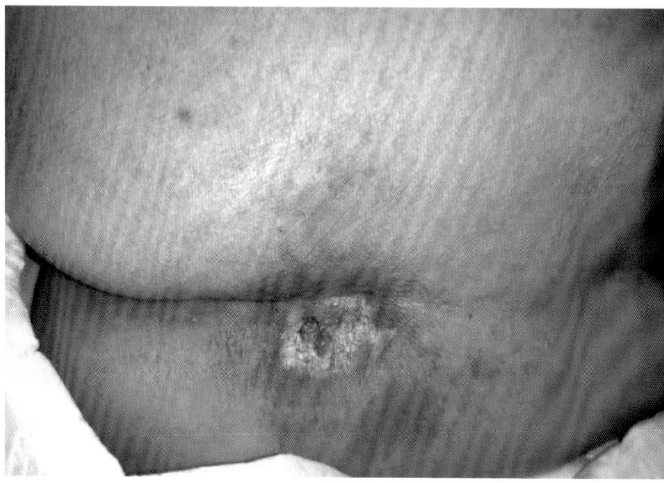

图4-29　三诊：压疮颜色变为灰白色

【四诊】2021年3月3日。

药后压疮处已开始结痂（图4-30），效不更方。3剂。

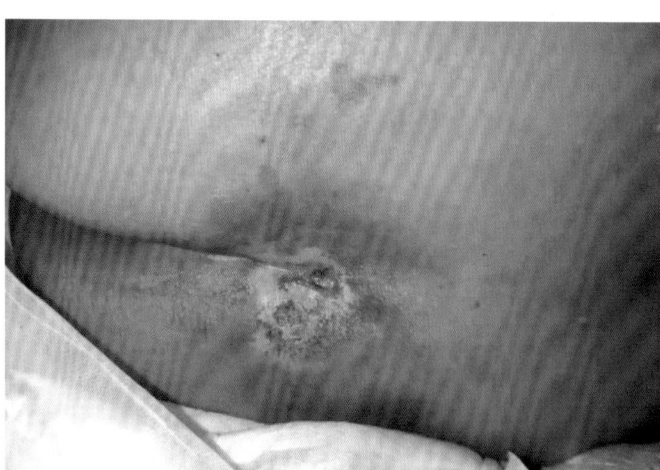

图4-30　四诊：压疮结痂

【五诊】2021 年 3 月 5 日。

药后压疮处结痂增多，压疮范围变小（图 4–31），患者晚间有早醒，守原方加珍珠母、百合。

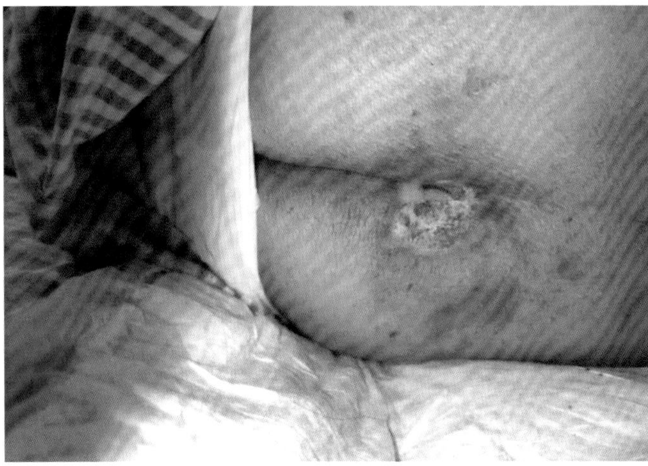

图 4–31　五诊：压疮范围变小

【六诊】2021 年 3 月 6 日。

药后压疮进一步结痂（图 4–32），效不更方。

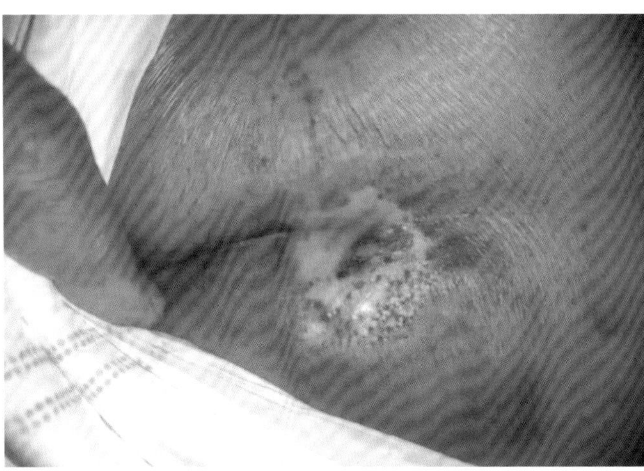

图 4–32　六诊：压疮进一步结痂

【七诊】2021 年 3 月 9 日。

药后痂已经脱落（图 4–33），顺利出院。

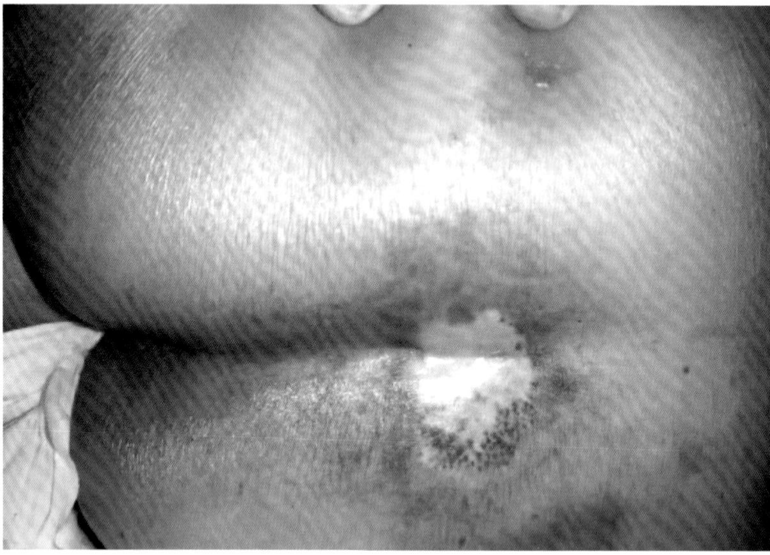

图 4–33　七诊：压疮痂脱落

按语：患者因长期卧床，久卧伤气，进而导致肌肤腠理受损，故住院的第三天即出现骶尾部压疮。前期中医治疗只关注如何让患者从昏迷状态转为清醒状态。压疮出现第 20 天，中医药介入压疮的治疗（在巩固疗效的基础上加治压疮的中药方）。治疗思路有三点：第一，《名医类案正续编》云："疮口不敛，脾虚也"，故用了健脾方；第二，要考虑是一个什么人出现了压疮，患者总是嗜睡，睁眼、说话均无力，大便偏软，下肢略浮肿，是肾阳虚为主，夹有脾阳虚及阳虚水泛（《伤寒论》云："少阴之为病，脉微细，但欲寐"），故用了补脾肾的方；大便少许黏，尿黄，表明有湿热，故用了清湿热的方；第三，确定压疮的性质是湿热，因压疮创面色鲜红，且有疼痛。《名医类案正续编》云："痛为热，肿为湿"，故用了清热利湿的方。此患者压疮恢复的效果非常理想，证明在治疗压疮方面中医确有疗效。书写此验案的目的在于告诉人们遇到压疮时，不要忘记用中医中药。

二十八、膏方起沉疴之慢性鼻炎验案

肖某，男，38岁。

【初诊】2016年10月13日。

【主诉】晨起流涕间作30年。

【现病史】30年前出现受凉则流少许清涕，诊断为“慢性鼻炎”。近八年出现乏力、早醒、怕冷、颈椎痛，头痛，动则汗出；面色萎黄，多食，脐上胀，太劳累或饮酒太多则起痤疮，喜热饮，便溏且黏滞，舌质淡红，苔黄腻，双尺脉浮弦。

【中医诊断】鼻渊（脾气虚、肺气虚、肾气虚、湿热蕴结）。

【西医诊断】慢性鼻炎。

【治法】健脾益气，补肾益气，固表止汗，清利湿热。

【方药】厚朴生姜半夏人参汤合肾气丸、黄芪龙牡汤、甘露消毒丹、五味异功散。

肉桂3 g，熟地黄20 g，山药15 g，茯苓10 g，泽泻10 g，牡丹皮10 g，山茱萸15 g，黑顺片10 g，豆蔻5 g，广藿香5 g，滑石10 g，川木通2.5 g，黄芩5 g，连翘5 g，浙贝母5 g，射干5 g，薄荷5 g，茵陈10 g，红参5 g，麦冬10 g，五味子10 g，葛根30 g，片姜黄15 g，威灵仙15 g，煅龙骨30 g，煅牡蛎30 g，浮小麦30 g，黄芪20 g，黄连2.5 g，法半夏10 g，瓜蒌皮10 g，厚朴40 g，生姜40 g，炙甘草10 g，陈皮10 g，干姜10 g，麸炒白术10 g。14剂，全成分开水冲服。

【二诊】2016年10月31日。

药后颈痛减轻，大便成形，精神好转；动则汗出状况好转；但天冷则脚冷，同时鼻炎发作。睡不好则长痘。舌质淡红苔薄黄腻，舌下静脉瘀紫，双尺脉浮弦。

守上方加附子汤、桂枝茯苓丸、黄芪桂枝五物汤、消风败毒散及小陷胸汤，去甘露消毒丹。

【三诊】2016年11月11日。

药后诸症好转，守2016年10月31日方做膏方加鹿角胶150 g、龟甲胶100 g、饴糖200 g、黄酒200 g。

【四诊】2016年12月7日。

药后脚底不寒冷了，痤疮未出现，鼻炎出现流清涕症状自吃膏方后未再出现。颈椎已不痛了。舌淡红，苔薄黄腻，双尺脉略浮弦。效不更方。

按语：太阳之底为少阴。患者脚底一凉则鼻流清涕，知病根在肾阳虚，故用附子汤补肾阳祛寒湿；易流清涕，表明卫表不固，故用黄芪桂枝五物以固表。动止则汗，表明心气虚，故用黄芪龙牡汤，益气敛汗固表；面色萎黄，多食则脐上腹胀，表明脾气虚，故用五味异功散合厚朴生姜半夏甘草人参汤；苔黄腻，有痤疮，表明有湿热，故用消风败毒散清热利湿祛风；双尺脉浮，表明肾气阴两虚，故用肾气丸。早醒、怕冷、双尺脉浮表明肾气阴两虚，故用鹿角胶温肾阳，龟甲胶滋阴潜阳，药证相符，药后效如桴鼓！

二十九、总结

经方治疗疑难杂症及内外妇儿的常见病均有明显疗效！国医大师熊继柏教授认为要想成为一个好中医必须做到以下八点：不懒；不蠢；不糊涂；扎实的理论基础；丰富的临床经验；敏锐的思辨能力；若要治好疑难杂症，必须先会治常见病；中医的生命力在于临床。

参考文献

[1] 佚名.《袖珍中医四部经典》[M]. 天津：天津科学技术出版社，2013.
[2] 赵献可.《医贯》[M]. 北京：人民卫生出版社，2005.
[3] 林政宏.《傅青主女科一学就通》[M]. 广州：广东科技出版社，2009.
[4] 程国彭.《医学心悟》[M]. 北京：人民卫生出版社，2006.
[5] 郑钦安.《医学三书》[M]. 太原：山西科学技术出版社，2006.
[6] 江瓘，魏之琇.《名医类案正续编》[M]. 太原：山西科学技术出版社，2013.
[7] 裘沛然.《中医名言辞典》[M]. 长沙：湖南科学技术出版社，1992.
[8] 周瑞.《中医膏方学》[M]. 北京：中国中医药出版社，2014.

附　录

秦伯未先生著述

膏方大全

上海中醫書局發行

中華民國十八年九月印行

膏方大全

一冊 定價大洋三角

編纂者 上海秦伯未

參校者 普寧方公溥

發所者 四明錢季寅

印刷者 中醫書局印刷部（山東路A字一號）

發行行 上海中醫書局

分售處 台灣嘉義西門前市場街 蘭記圖書公司

沈序

衡山善病。病無微甚。必乞診于秦先生伯未。垂今七載。過從之密。在旁人觀之。將疑爲非先生之詩友。卽先生之酒徒焉。初衡山病咯血。延海上所稱名醫者治。隨愈隨發。凡十餘次。病已經年。既而就治于先生。先生曰。此血不歸經也。當使之就軌。若以涼藥抑伏。血得寒而止。寒去而血又湧。宜病之纏綿不已也。投側柏葉湯而驗。又病後易罹外邪。月必四五起。但擁絮臥周時卽愈。以詢先生。先生曰。此氣血不充也。內經有言。體弱者善病寒熱。當補益之。囑服參芪各盡三兩許。而不復作。其識病之精。用藥之神。實時下莫與京也。今者有膏方大全之輯。抒平日之經驗。作世人之津梁。持以示衡山。受而讀之。議論既可法可師。

選方又惟純惟粹。不僅貢獻醫林。抑且有功社會。夫世人自信多虛。醫者更以虛阿其好。於是因虛而誤服補劑。因補而變生他患者。以平日所聞。不可勝數。先生斯作。正不知驚醒磕睡幾許矣。辱命撰序。衡山其何敢敬以心所景仰而感慨者。略陳一二。聊資侑酒云。

民國十八年七月上海沈衡山其宇敬序

目錄

膏方大全目錄

膏方大全

上海秦伯未著述　普甯方公溥參校

上編　通論

◻膏方之意義

何謂膏。正韻澤也。博雅潤澤也。膏方者。蓋煎熬藥汁成脂液而所以營養五臟六腑之枯燥虛弱者也。故俗亦稱膏滋藥。方書所載瓊玉膏。甯志膏等。不外滋補之用。可明其義。在實驗方面。發散不用膏。攻下不用膏。通利不用膏。涌吐不用膏。以此數者。非潤澤所宜。則膏之爲義。尤可大明。此其一。進言之。膏方並非單純之補劑。乃包含救偏却病之義。故膏方之選藥。須視各個之體質而施以平補溫補淸補濇補亦須視各個之病根而施以生津益氣固精養血萬不可。認膏方爲唯一補品貿然進服此其二余習見中下之家羨于膏方之效力又嫌其價格之昂貴輒自服黃耆黨參次焉者輒常餌黑棗合桃未能獲益抑且增患其弊蓋不知膏方之意義而祇惑膏方爲補劑是故凡進膏方者必須乞示于醫家尤必乞示于素所欽佩而富有經驗之醫家庶乎可。

■膏方之效力

內經有言形不足者溫之以氣精不足者補之以味蓋一切衰弱怯損之病全賴補益之品收其全效然而人參阿膠等輩同屬補品何以有服之功效不著而必欲乞靈于膏方則以人參阿膠等輩其滋補之點僅限局部如人參補氣阿膠補血不若膏方之集合多種藥物面面俱顧一齊着力故天下惟混合物

最合于身體營養國人徒以銀耳燕窩爲補西人又祗知雞蛋牛乳爲補皆不能達補之絕頂者也余嘗治吐血重症及遺精重症數十人病積數年醫易數人且調養備至終不能愈余爲立膏方煎服數月宿恙全捐精神健旺可以見其效力之偉大實非他種所能埒矣然世人恆信膏方爲補劑並自餒身體爲不足醫者亦不察隱情聽信片言浪投滋補因而增病者數見不鮮余曾歷舉所見刊入謙齋醫話可以參攷蓋補益之品施之于虛損則可若邪氣內蘊當以除邪爲先譬之淤積流涸必去其淤而流自通否則實實之戒其罪焉逭就余經驗所得處外感方易處內傷方難而處補虛方尤難若膏方則大劑補益服餌必一二月設非深思細慮必使僨事尤爲難之又難愼之愼之

■膏方之性質

膏方之性質者推求滋補之重心所在以盡其用也大抵可析爲四類一爲溫補類宜于陽虛之症如用附子仙茅黃芪黨參當歸白朮等是一爲清補類宜于陰虛之症如用地黃龜甲萎蕤柏子仁首烏蓯蓉等是一爲濇補類宜于滑脫之症如用補骨脂蓮鬚棗仁牡蠣訶子萸肉等是一爲平補類宜於脾胃薄弱或不耐滋補之症如用白芍山藥芡實等是而總挈之爲二綱一補氣一補血補氣以四君子湯爲主補血以四物湯爲主其他痰多者佐以化痰氣鬱者佐以理氣濕盛者佐以祛濕熱熾者佐以滌熱隨機應變而大法終不外于是

膏方之組織

立方有制內經云君一臣二奇之制也君二臣四偶之制也君二臣三奇之制也君二臣六偶之制也又君一臣二制之小也君一臣三佐五制之中也君一

臣三佐九制之大也是爲方劑之組織法膏方亦然惟膏方服時既久其制勢須擴大大抵每方平均以三十藥爲準外更酌加各項膠屬如阿膠鹿角膠龜板膠等以便收鍊成膏普通更加紋冰以制其苦味而便適口其有不喜甘味或不宜甘味者則酌減之亦有于收膏時加合桃肉白蓮肉黑棗肉等者但求體質相宜初無定則也抑有進者膏方之組織近于複方故余之主張以選方爲第一步方選既決然後就各方選藥藥選既決尚有不足則就症補充如此則藥症自能絲絲入扣矣

■膏方之用量

藥物質量有輕重之別質輕者用量宜少質重者用量宜多此爲處方之原則膏方之用量無殊所特殊者膏方用量恆依普通方劑比例增加其增加之率

常以十倍，但亦有不耐久服者，則五倍六倍酌量施用可也。又膏方多滋膩，須時時顧及脾胃。蓋胃為水穀之海，脾為生化之源，五臟六腑實利賴之。使脾胃健全，消化迅速，則五穀化生之精微，皆為百骸無上之補品。不然，脾胃衰弱，納減運遲，投以膏方，元氣不勝藥力，徒滯積為患耳。故于用藥之時，宜有監制，而用量之間，尤須適當。此惟有經驗者知之，而未可與語一般者也。

□膏方之時期

疾病之進退，每有視時令消長者。勞瘵危于春夏，痰飲篤于秋冬，其淺顯易見者也。因是膏方與時令亦不可不研究。夫膏方之施治在補益，補益之劑，宜靜而戒動，宜藏而戒泄。四時之氣，春為發陳，夏為蕃秀，主疏泄者也；秋為容平，冬為閉藏，主收攝者也。疏泄則陽氣發越，而人氣浮外；收攝則陽氣固密，而人氣伏。内。蓋人稟天地之氣而生。天地之氣息息與人相關。古代醫家因目人身爲一小宇宙。此雖由研究自然哲學者附會。要亦有至理存焉。故吾人服膏滋藥劑。宜于秋冬。而不宜于春夏。取其易于受納。而得遂其營養之作用也。但怯弱症候。固不限于秋冬。有之。則膏滋之方。于春夏時期。亦未始不可施用。但終不若秋冬之獲效偉大也。

■膏方之煎熬

藥劑之煎熬。合法與否。與功效之鉅細。大有關係。如羚羊犀角石決等。均須先煎。因其性不易出也。薄荷蔻仁鈎藤等。均須後入。因其氣易消散也。他如人參等貴重之品。更須另煎沖服。免致耗費。其於膏方之煎熬。此等手續。亦不可廢。然此等手續。藥肆夥友類能知之。而獨怪世之服膏方者。恒完全付託于藥肆夥友。在彼不失小節者固多而貪利圖倖者。要亦不免。于是以僞亂眞者有之。以次充上者有之。及煎成膏。各物混合。誰得而知之。又誰得而辨之。若此之類。尙有滋益之效乎。因其不效。遂障礙服者之健康。更疑及醫家之技拙。此實煎熬時所不容不注意者也。

膏方之服食

攷藥之有膏。見上古內經。癰疽篇曰。癰發于嗌中。名曰猛疽。其化爲膿者。瀉則合豕膏冷食。豕膏者。以豕油白蜜煎鍊者也。所以便噙在口中。緩緩嚥下。爲治上焦病之法。所謂病在上者。服藥不厭頻而少也。今之膏方。則治久病及弱症。湯調而頓服。與古法異矣。惟其與古法異。是故對于次數時間諸端。亦應另訂章則。通常次數。每日以兩度爲準。用量每次以一匙爲準。時間則以空腹爲宜。

取其易于消化也若有服膏方後易于泄瀉或脹滿者此必腸胃虛而滋陰之藥太重可酌加砂仁以救濟之易于口渴或目赤者此必陰分虛而補陽之藥太重可以菊花茶沖服以救濟之法外之法亦不可不知

◎膏方之禁忌

膏方之禁忌可分為二一為疾病方面一為飲食方面所謂疾病方面者倘偶感外邪形寒發熱欬嗽或內停食滯腹痛脹滿泄瀉等則宜暫時停止服藥調理恐峻補其邪釀成後患也飲食方面者藥有尅制必須避免世俗服膏方後菜蔬不食萊菔飲料不用茶葉其一例也總之對于攻伐消尅務宜留意耳此外如在大病之後胃納不旺者忌食腥羶油膩之品倘有一切欬咯吐血及便血尿血等症者忌辛熱燥烈之品餘均隨時消息苟能謹謹遵守獲效自倍蓋

人之于胃猶之盆水投紅色則水變紅投藍色則水變藍投黃黑之色則水變黃黑豈有食辛熱沉寒生冷炙煿肥甘諸物而臟腑不呈異狀者又況羸弱之體正氣之抗拒力已弱而食與病絕對之物更有不發生衝突者乎

■膏方之經驗

余治醫無所似而蒙病家以善調理延譽於是每歲之来乞膏方去者恒數十人茲撫經驗所得聊備采擇第一須識消長之機夫人身不外氣血氣血不外陰陽陽盛則陰衰陰盛則陽衰故見陽衰之症即須推其何以陽衰陰衰之症即須推其何以陰衰施補庶能入彀第二須識相互之機氣虛補氣血虛補血繩墨也然少火生氣氣能攝血故補氣而不補火補血而不補氣決難盡其能事第三須識開闔之機天地不外開闔用藥不外補瀉補正必兼瀉邪邪去補

自得力設或一味蠻補終必釀成災殃能悟上述三者之妙臨診處方自有左右逢源之樂余治劉姓婦白帶沈其綱痰飲黃明璽脹滿人皆引數病無補法而以服膏方爲戒然卒因以蠲除痼疾蓋能識其機也總之治病之要在求其本所謂本者即發病之主因也能制其主因則一切枝節不治自愈而立膏方尤須尋其衰弱之根源與疾病之樞紐則功效易著遺患可免淮南子曰所以貴扁鵲者知病之所從生也王應震曰見痰休治痰見血休治血無汗不發汗有熱莫攻熱喘生休耗氣精遺不濇洩明得個中趣方是醫中傑眞知本之言也然而環顧醫林其能悟此旨者果幾輩耶

膏方大全

上海秦伯未著述　　晋甯方公溥參校

下編　選方

■欬嗽

劉左　肺爲華蓋。位在上而其氣主降。腎主封藏。位在下而其水宜升。所以升降相因。肺腎交通。而呼吸以勻。胃爲中樞。爲十二經之長。主束筋骨而利機關。脾弱溼困。胃爲淵藪。中州濕盛。則肺降被阻。此稍一感觸。輒發欬嗽之微理也。胃溼蘊聚。則胃氣不和。胃病則機關脈絡不和。時爲身痛。溼不自生。脾失運化而始生。脾不自運。氣機鼓舞而始運。然則致病者溼也。生溼者脾也。脾之不運。

而生溼者氣也矣義洛云脾健運則溼自除又云氣旺則痰行水消洵哉斯言也擬補氣運溼爲主但調攝之方自當顧及肝腎擇其不滯者投之方爲妥善

炙綿耆四兩　製首烏切四兩　杭白芍酒炒一兩五錢　龜板膠一兩二錢

別直參二兩另煎冲　大生地薑汁炒成炭四兩　扁荳子二兩　枳實一兩

奎黨參三兩　炒杞子三兩　炒山藥二兩　厚杜仲三兩

雲茯苓四兩　於潛朮炒三兩　生薑汁三錢冲入　霞天麯炒二兩

鹿角膠一兩五錢　川斷肉三兩　海蛤粉三兩　炙黑草五錢

冬瓜子二兩　木猪苓二兩　生熟薏仁各二兩　懷牛膝酒炒二兩

巴戟肉一兩　左秦艽一兩五錢　製半夏四兩　澤瀉一兩五錢

潼沙苑鹽水炒一兩五錢　桑寄生酒炒三兩　陳廣皮二兩

右藥共煎濃汁。文火收膏。每晨服一調羹。開水沖挑。

鮑左　自幼卽有哮欬。都由風寒襲肺。痰滯於肺絡之中。所以隱之而數年若瘳。發之而累年不愈。今則日以益劇。每於酣睡之中。突然嗆咳。由此而寤。寤而頻咳。其咯吐之痰。却不甚多。夫所謂襲肺之邪者。風與寒之類也。痰者。有質而膠粘之物也。累年而咳不止。若積痰爲患。何以交曉而痰生。白晝之時。痰獨何往哉。則知陽入於陰則臥。陰出之陽則寤。久咳損肺。病則不能生水。水虧不能含陽。致陽氣欲收反逆。逆射太陰。實有損乎本元之地矣。擬育陰以配其陽。使肺金無所凌犯。冀其降令得行耳。

炒黃南沙參四兩　炒鬆麥冬一兩五錢　雲茯苓四兩　海蛤殼打五兩

川貝母去心二兩　款冬花蜜炙一兩　蜜炙橘紅一兩　炒香玉竹三兩

蜜炙紫菀肉二兩　甜杏仁去皮水浸打絞汁三兩　代赭石煅四兩　川石斛三兩

牛膝炭二兩。　杜蘇子五兩水浸打絞汁冲入。　百部蜜炙二兩

共煎濃汁用雪梨汁二斤白蜜二兩同入徐徐收膏。

■痰飲

張左　每冬必欬。氣急不平。天暖則輕。遇寒則甚。此陽虛留飲爲患。陽爲天道。陰爲地道。人生賤陰而貴陽。經云。陽氣者。若天與日。失其所。則折壽而不彰者也。素體陽虛。脾腎兩病。腎虛水泛。脾虛濕聚。水濕停留。積生痰飲。年深不化。盤踞成窠。阻塞氣機。據爲山險。上礙肺金右降之路。下啓衝氣上逆之機。不降不納。遂爲氣急。飲爲陰邪。遇寒則陰從陽屬。虎借風威。遇暖則陰弱陽强。邪勢漸殺矣。痰飲生源於土濕。土濕本源於水寒。欲化其痰。先燥土濕。欲燥土濕。先溫

水寒書所謂外飲治脾內飲治腎也肺主氣胃爲化氣之源腎爲納氣之竅肺之不降責之胃納腎之不納責之火衰欲降其肺先和其胃欲納其腎先溫其陽書所謂上喘治肺下喘治腎是也症屬陽虛藥宜溫補今擬溫腎納氣溫腎則所以强脾和胃降逆和胃功兼肅肺但得土溫水暖飲無由生胃降金淸氣當不逆氣平飲化欬自愈矣症涉根本藥非一蹴能幾治仿前賢方乃三思而定略述病由以便　裁奪

別直參三兩　雲茯苓四兩　於潛朮三兩　淸炙黃芪三兩

淸炙草八錢　炙遠志肉一兩　大熟地四兩　川桂枝六錢

五味子八錢淡乾姜四錢同搗　熟附塊一兩　川貝母三兩　甜光杏三兩

蛤蚧尾五對酒洗　砂仁末八錢　范志麯三兩　陳廣皮一兩

仙半夏三兩　旋覆花一兩五錢包　代赭石四兩煅　補骨脂二兩

合桃肉二十枚二味拌炒　炙白蘇子二兩　淮山藥三兩　山萸肉三兩

福澤瀉一兩五錢　厚杜仲三兩　川斷肉三兩　甘杞子三兩

右藥煎四次取極濃汁。加鹿角膠四兩。龜板膠四兩。均用陳酒燉烊。白冰糖半斤。熔化收膏。每早服三錢。臨臥時服三錢。均用開水冲服。如遇傷風停滯等。暫綴再服可也。

張右　高年氣血兩虧。營衛之氣。不得宣通。遍身脈絡抽掣。四肢不遂。腹爲至陰。藏陰虧損。則藏絡不和。運動之機。不能靈轉。腹中常常拘急。下虛不攝。衝陽逆升。痰飲泛逆。氣喘痰多。有時並發。營氣不行。虛風自動。氣可以補。血可以養。脈絡可以宣。痰飲可以化。無如古稀之年。氣血有虧。無長惟有循理按法。盡力之當蠱而已。

大生地薑汁炒八兩　刮白炙元武板八兩　大玄參八兩　粉丹皮一兩

大天冬三兩　炒杞子三兩　生杜仲三兩　奎潞黨二兩

薄橘紅一兩　虎脛骨二兩酥炙研細和入　生蒺藜去刺二兩　杭白芍酒炒一兩五錢

炒萸肉一兩五錢　酒炒懷牛膝三兩　炒絡石藤二兩　製西洋參二兩

煆磁石三兩　酒炒絲瓜絡一兩五錢　酒炒全當歸一兩五錢　白茯苓三兩

鹹秋石六錢　炒宣木瓜一兩五錢　海蛤粉包煎四兩　川貝母去心二兩

煨天麻一兩五錢　製半夏一兩五錢

右藥寬水煎三次。瀝去渣。再煎極濃。用陳阿膠三兩。桑枝膏五兩。溶化冲入收膏。每晨服六七錢。開水冲挑。

膏方大全　下編　八

吳右　產育頗多。木失涵養。風木上干胃土。中州不舒。胃納因而日少。甚則涎沫上湧。有似溼從上泛之象。非溼也。正與厥陰篇中肝病吐涎沫之文相合。時輒不寐。所謂胃不和則臥不安也。然陽明之氣不衰。風木雖從上干。胃氣自能抵禦。何至土爲木乘乎。陽明以通爲用。則是通補陽明。平肝和胃。爲開手第一層要義。宜先用通補煎劑以治肝胃。俟胸寬納穀漸增。再以膏劑養肝之體。庶爲得體。

人參鬚另煎沖入　製首烏三兩　厚杜仲二兩　阿膠珠一兩五錢

枳實一兩　製半夏一兩五錢　白歸身酒炒三兩　川斷肉二兩

炙黑草五錢　廣陳皮二兩五錢　炒杞子二兩　木瓜皮炒二兩

左牡蠣六兩　煅龍齒三兩　生於朮一兩五錢　酒炒杭白芍二兩

白茯苓四兩　白蒺藜炒去刺三兩　炒棗仁炒三兩　奎黨參二兩

右藥寬水煎三次。濾去渣。加文冰三兩收膏。每晨服一調羹。開水沖挑。

▣吐血

王左　勞傷中氣。火載血行。血從上溢。失血成盃而至。治以清理胃氣。和營降火。血得循止。然一涉勞勩。又復帶紅。此絡未堅固。中氣未復。故一經火動。血即隨之。擬益其中氣。清其肺藏。補其腎水。中氣足。則火莫能犯。肺氣清。則木不妄動。腎水足。則火有所制矣。

炙綿耆二兩　炙生地五兩　茜草炭一兩　赤白芍各八錢

澤瀉二兩　西潞黨參三兩　龜甲心刮白炙五兩　川石斛四兩

炒黑丹皮一兩　製西洋參二兩　炒牛膝三兩　生山藥四兩

生扁豆衣四兩　炒麥冬二兩　川貝母二錢　茯苓神各二兩

眞阿膠二兩溶化冲入

右藥共煎濃汁收膏每晨服一調匙。

遺精

王左　腎爲陰主藏精。肝爲陽主疏泄。故腎之陰虛。則精不藏。肝之陽强。則氣不固。所謂陽强者。即肝藏所寄之相火强耳。乙木之陽不潛藏。甲木之陽乃漂拔。怵惕恐怖。甚至遺精。進以滋陰八味。病之大勢遂定。以陰中伏熱。由此而泄耳。然諸恙雖平。而遺精數日必發。發必有夢。皆由病盛之時。肝陽相火內吸。致腎陰虛而眞水不能上承。心氣虛而心陽輒從下墜。陽性本上。宜使之下。陰性本下。宜使之上。今陽下而陰不上。遂令陽不能收。陰不能固。遺精之來。大率爲此。擬補氣以收心陽。壯水以升腎陰。卽請 正之。

炙綿耆四兩　炙熟地三兩　雞頭子二兩　煅龍骨三兩

煅牡蠣四兩　臺參鬚一兩三錢另煎冲入　炙生地四兩　生山藥三兩

龜板膠化入三兩　奎黨參三兩　潼沙苑鹽水炒三兩　桑螵蛸炙二兩

於潛朮炒二兩　茯苓神各一兩五錢　大天冬二兩　萸肉炭一兩五錢

柏子仁去油二兩　清阿膠化三兩　甘杞子三兩　生熟草各四錢

杭白芍酒炒一兩五錢　大麥冬去心二兩　酸棗仁三兩　肥知母去毛炒二兩

遠志肉八錢　益智仁一兩　龍眼肉三兩

右藥共煎濃汁。入水再煎。連煎三次。去枯渣收膏。或加白冰糖三四兩。熬至滴水成珠爲度。每晨服一調羹。開水冲挑。

徐左　夫精氣神者。人身之三寶也。論先天之生化。則精生氣。氣生神。論後天之運用。則神役氣。氣役精。人身五藏。各有所藏。心藏神。腎藏精。精藏於腎。而主於心。心君泰然。腎精不動。是爲平人。尊體氣陰兩虧。坎離失濟。心虛易動。腎虛不藏。神動於中。精馳於下。此夢遺舊恙。所由起也。遞進膏滋。遺泄漸減。藥能應手。未始無功。惟是補牢已晚。亡羊難復。久遺之後。腎陰大傷。腎者主骨。骨中有髓。腎之精也。腰爲腎之外候。脊乃腎之道路。腎精走失。骨髓空虛。脊痛腰痠。在所必見。肝爲乙木。中寄陽魂。胆爲甲木。內含相火。腎水既虧。豈能涵木。木失所養。水走火飛。相火不能潛藏。肝陽易於上亢。清空不空。則爲頭眩。清竅阻塞。則爲耳鳴。陰虛於下。火浮於上。上實下虛。亦勢所必然矣。症勢各類。治本一途。挈要提綱。補精爲重。補精必安其神。安神必益其氣。治病必求其本也。壯水以涵其木。滋陰以潛其陽。子虛補毋。乃古法也。仍宗前意。再訂新方。補氣安神。育陰固泄。仿乙癸同源之治。爲坎離固濟之謀。複入血肉有情。塡益精髓。復元精之走失。補奇脉之空虛。爲日就月將之功。作一勞永逸之計。是否有當。卽正　高明。

臺參鬚一兩五錢　潞黨參三兩　大熟地六兩砂仁拌　炙綿芪四兩
炒淮藥二兩　硃茯神三兩　酸棗仁三兩　炙遠志肉一兩
清炙草六錢　明天冬二兩　大麥冬二兩　厚杜仲三兩鹽水炒
甘杞子二兩　川斷肉二兩鹽水炒　桑椹子三兩　製首烏四兩
陳廣皮一兩　仙半夏二兩　北秫米三兩炒包　甯子淡四兩
煅牡蠣四兩　紫貝齒四兩　紫石英三兩　胡桃肉二十枚鹽水炒去紫衣

五味子六錢　金櫻子一兩包　剪芡實三兩　川黃柏一兩
熟女貞二兩　猪脊髓二十條酒洗　紅棗四兩　鰾膠二兩溶化收膏

右藥煎四次。取濃汁。加龜板膠四兩。清阿膠四兩。均用陳酒炖烊。再將鰾膠和入。白文冰半斤。熔化收成膏。每早晚各服二匙。均用開水化服。如遇外感暫停。

吳左　向有遺精。有時氣從上衝。則心悸驚怖。不由自主。甚則頭暈。滿面作麻。牽及四肢。疊投壯水潛陽。甚合病機。足見陰精內虧。坎中之陽不藏。少陽內寄相火。衝陽上逆。則胆木撼動。陽得化風。上旋。宜以柔養鎮靜之品。俾水中之火。不致飛越。陰精自臻固攝耳。

大熟地六兩　奎黨參三兩　湖蓮肉二兩　大生地四兩

生於朮二兩　甘杞子三兩　炒芡實二兩　大麥冬二兩

潼沙苑三兩　煅龍骨三兩　金石斛劈開三兩　粉丹皮一兩五錢

女貞子酒蒸二兩　生熟草各三錢　山萸肉炒一兩五錢　柏子仁去油一兩五錢

生牡蠣八兩　建澤瀉一兩　杭白芍酒炒一兩五錢　縮砂仁七錢另煎和入

生山藥二兩　淡秋石四錢　魚鰾膠二兩

白冰糖三兩收膏。每晨服一調羹。

鮑左　遺泄頻來。數年不愈。每至遺後。飲食轉增。若暫止之時。飲食轉退。蓋脾胃之運化。原藉命火之蒸變。而爲出入。腎水有虧。坎中之陽不能潛藏。擬以介類潛之。

生地炭三兩　炒雞頭子二兩　酒炒女貞子二兩　元米炒西黨參二兩

膏方大全　下編　一六

熟地炭四兩　旱蓮草二兩　炒山藥二兩　硃茯神三兩

煅龍骨三兩　牡蠣鹽水煅四兩　潼沙苑二兩　炒於朮一兩五錢

金色蓮鬚六錢　龜甲心刮白炙八兩　柏子仁勿研二兩　遠志肉七錢

大淡菜三兩

右藥煎汁收膏

董左　心火炎上水從下吸斯火不上騰腎水就下火從上挈斯水不下淪水之與火兩相交濟者也每至心事急迫輒氣從下注有似陰精欲泄之象皆由心腎兩虛不能相濟時爲眩暈亦陰不足而陽上升也擬交補心腎參以熄肝

人參鬚五錢另煎濃湯和入　大熟地七兩　遠志肉炒六錢　柏子霜二兩

奎黨參五兩　元武版炙十兩　潼沙苑鹽水炒三兩　山萸肉一兩五錢

生熟於朮二兩　煅龍骨三兩　雞頭子炒三兩　杭白芍酒炒一兩半
黑豆衣三兩　製首烏四兩　炙綿耆三兩　生牡蠣四兩
池菊花一兩　炒山藥三兩　炙黑草七錢　當歸炭二兩
甘杞子三兩　白茯苓三兩　炒棗仁研一兩五錢　澤瀉鹽水炒一兩
阿膠三兩　冰糖三兩
收膏。

■眩暈

任左　上則眼目昏花。下則陽道不通。有時火升面熱。稠厚之痰。從喉間咯出。或謂眞陽式微。陽道閉塞。則眼目昏花。火升面熱。又係陰虛陽升明證。如以陽道不通。與火升目花。分爲兩途。則欲養其陰必制陽光。欲助陽光必消陰翳。未利於此。先弊於彼矣。或者陰陽並虛。水火皆乏。庸有是理。然果水火皆乏。安能形氣皆盛。起居無恙乎。細察陽道不通。斷非陽衰不振。實緣腎水不足。虛陽盡越於上。陽不下降。所以陽道不通。與陽氣衰乏者。判如霄壤也。脉象絃大。尤爲陽氣有餘之徵。擬每晨進育陰以潛伏陽氣。每晚進清化痰熱。備方如左。

大生地六兩	製首烏四兩	生甘草七錢	大熟地四兩
黑豆衣三兩	大天冬二兩	生牡蠣四兩	煅磁石三兩
大麥冬二兩	海蛤粉四兩	川石斛四兩	奎黨參四兩
生山藥三兩	浙茯苓三兩	川貝母二兩	西洋參二兩
甘杞子三兩	大元參三兩	生於朮二兩	粉丹皮二兩
女貞子酒蒸三兩	石决明打四兩	池菊花一兩五錢	橘紅鹽水炒一兩

酒炒白芍一兩五錢　潼沙苑鹽水炒三兩　牛膝鹽水炒三錢　澤瀉一兩五錢

右藥煎三次。去渣。用清阿膠三兩。龜板膠三兩。魚鰾膠二兩。溶化。冲入收膏。每晨服一調羹。再另用陳海蟄三斤。洗極淡。用清水煎烊。漸漸收濃。加荸薺汁六兩。冲入。更加白冰糖二兩收膏。每晚將臥時服半調羹。俱用開水冲挑

薛左。平素痰多。漸起眩暈。始清痰熱。未能速效。繼進育陰以潛陽氣。眩暈纔得退輕。蓋脾爲生痰之源。胃爲貯痰之器。升降之機。肝合脾主左升。胆合胃主右降。惟胃有蘊聚之痰。斯胆失下行之路。於是甲木生火。火即化風。久之而水源亦耗。所以育陰之劑，獲效於後也。宜循經驗之法調理。

炙生地五兩　奎黨參三兩　粉丹皮二兩　滁菊花一兩
黑元參二兩　生於朮一兩　杭白芍炒一兩五錢　廣橘紅一兩

竹瀝半夏一兩五錢 生甘草五錢 萸肉炭一兩 川石斛三兩

生牡蠣四兩 茯苓塊二兩 南花粉一兩五錢 川貝母去心一兩五錢

海蛤粉三兩包煎 大天冬二兩 石決明打四兩 煨天麻一兩五錢

肥玉竹二兩 白蒺藜去刺炒三兩 澤瀉一兩五錢

右藥寬水煎三次。去渣再煎極濃。用清阿膠龜板膠溶化沖入收膏。每晨服一調羹。開水沖挑。

秦左　陰虧不能制木。木旺化風。風壅陽絡。頭痛時作時止。風性鼓盪。心中怔悸。沖齡正在生發之秋。何至陰虧致疾。蓋其陽氣日充。稟先不足之軀。陰卽不能配合陽氣相衡之下。不能相偶者。卽形其相絀也。宜壯水之主。以配陽光。

大熟地三兩 川芎一兩 茯苓二兩 酸棗仁炒打二兩

石決明打三兩　大生地三兩　炒杞子二兩　澤瀉一兩五錢
元武板十兩　生甘草三錢　炒香玉竹二兩　酒炒杭白芍一兩五錢
桑葉一兩五錢另煎冲入　廣皮一兩　上黨參三兩　炙鱉甲七兩
炒菊花一兩　黑山梔二兩　煅牡蠣三兩　白歸身二兩
大有耆炙鹽水二兩　粉丹皮二兩　野於朮一兩五錢　鹽水炒潼沙苑三兩
黑大豆二兩　龍眼肉二兩
共煎濃汁。加眞阿膠三兩。溶化冲入收膏。

■耳鳴

黃左　痰熱有餘。甲木少降。乙木過升。致痰生熱。熱生風。爲耳鳴。爲重聽。胃爲中樞。凡風陽必過陽明而後上旋。陽明爲十二經之總司。所以肩臂背肋不時注痛。所謂下虛而上實也。擬壯水育陰。以涵肝木。而以清化痰熱參之。

大生地八兩　淨柴胡七錢另煎湯收膏時沖入　白蒺藜三兩　生山藥二兩
西洋參四兩　龜板膠四兩溶化沖入　清阿膠二兩溶化沖入　炒杞子三兩
橘紅鹽水炒一兩　竹瀝五兩滴入薑汁三分沖　茯苓各一兩　枳實一兩
大麥冬四兩　橄欖膏五兩沖入　上綿耆鹽水炒二兩　竹瀝半夏二兩
穭豆衣三兩　粉丹皮二兩　奎黨參四兩　黑山梔二兩
煅磁石四兩　懷牛膝鹽水炒三兩　杭白芍酒炒三兩　澤瀉一兩五錢
秦艽一兩五錢

右藥共煎濃汁。加白蜜三兩。沖入收膏。每晨服一調羹。開水沖挑。

■失眠

蔣左　心主靈明。膽主決斷。靈明所至。雖虛幻之境。可以意構。惟有膽木決斷。乎其間。一舉一動。方能合節。今診脉象細絃。關部堅硬。人迎浮露。舌苔薄白。良以營分不足。木少滋濡。厥陽上升。甲木漂拔。失其決斷之職。神情爲之妄亂。目不交睫。刻下難臻平定。而腹撐頭暈。還是木旺見端。擬平肝甯神。交通水火。

大生地四兩　製洋參二兩　玄武板二兩　金鈴子二兩

白歸身二兩　煅龍齒二兩　製香附四兩　製半夏三兩

縮砂仁八錢　白蒺藜二兩　上黨參三兩　新會皮一兩

小青皮二兩　厚杜仲三兩　炒牛膝二兩　川斷肉三兩

沉香麯三兩　遠志肉五錢　石菖蒲四錢　硃茯神二兩

杭白芍一兩五錢　野於朮一兩二錢枳實一兩二錢同炒　辰砂拌麥冬一兩五錢　菊花一兩

右藥如法。共煎濃汁。連煎三次後。去渣。將藥汁徐收。再用眞阿膠三兩溶化。沖下收膏。每日清晨沖服三錢。

羅左　始患痔漏。繼則不寐。痔漏傷陰。陰傷及氣。氣陰不足。氣不能配陽。陰虛及陽。故爲不寐。不寐之因甚多。而大要不外乎心腎。離中一陰。是爲陰根。陰根下降。是生水精。坎中一陽。是爲陽根。陽根上升。則爲火母。坎離交濟。水火協龢。陽入於陰。則爲寐。陽出於陰。則爲寤也。腎陰不足。水不濟火。心火不能下通於腎。腎陰不能上濟於心。陽精不升。水精不降。陰陽不交。則爲不寐。此不寐之本也。肝爲乙木。內寄陽魂。胆爲甲木。內含相火。平人夜臥。魂歸於肝。陽藏於陰也。腎陰虧耗。水不涵木。肝不能藏其陽魂。胆不能祕其相火。神驚火浮。亦爲不寐。此不寐之兼見也。離處中宮。坎居下極。位乎中而職司升降者。脾胃也。胃以通爲補脾。以健爲運。脾失健運。胃失流通。中宮阻塞。不能職司升降。上下之路。隔絕。欲求心腎之交。不亦難乎。故經云。胃不和則臥不安。胃不和者。不寐之標也。道書云。離爲長女。坎爲少男。而爲之媒介者。坤土也。是爲黃婆。其斯之謂乎。錯綜各說。奇偶製方。益氣以吸陽根。育陰以滋水母。升戊降己。取坎塡離。益氣卽所以安神。育陰亦兼能涵木。標本同治。以希弋獲。是否有當。卽正 高明。

清炙綿芪四兩　上潞黨參四兩　大生地四兩　抱茯神三兩硃砂拌

大熟地四兩　炙遠志肉一兩　清炙草六錢　酸棗仁三兩

仙半夏二兩　北秫米三兩包　明天冬一兩五錢　大麥冬一兩五錢

炒淮藥二兩　甘杞子二兩　生牡蠣四兩　廣橘白一兩

白歸身三兩　大白芍三兩　花龍骨二兩　青龍齒二兩

紫石英三兩　炙鱉甲三兩　川石斛三兩　馬料豆三兩

潼蒺藜三兩　紫丹參二兩　川貝母二兩另去心研末收膏　製首烏六兩

合歡花一兩五錢　蓮子二兩　紅棗六兩　雞子黃十枚另打攪收膏

右藥煎四次。取濃汁。加龜板膠四兩。清阿膠四兩。均用陳酒炖化。白氷糖半斤熔化。再將川貝雞子黃依次加入。攪和收膏。每早晚各服一匙。均用白開水沖服。

▣多寐

盛左　脉象濡滑。左尺少力。右尺沉細。壯盛之年。雖不至疾痛纏綿。而神情疲弱。時多迷睡。考傷寒六經。惟少陰篇有欲寐之文。良由命陽不振。陰濁瀰漫。胸中陽氣失曠。宜于調攝之中。仍寓掃蕩陰霾之意。庶與少陰篇之章旨符合也。

炙綿耆四兩　製半夏三兩　別直參二兩另煎冲入　菟絲子鹽水炒二兩

炒杞子三兩　厚杜仲三兩　潼沙苑鹽水炒二兩　大生地薑汁炙三兩

奎黨參三兩　熟附片七錢　杭白芍酒炒一兩五錢　破故紙鹽水炒三兩

廣橘紅一兩三錢　淡蓯蓉一兩五錢　製首烏切六兩　炒於朮二兩五錢

山萸肉一兩五錢　淡乾薑五錢　白茯苓三兩　炙黑草六錢

枳實八錢　肥玉竹二兩　澤瀉二兩五錢　霞天麯炒二兩

陳阿膠二兩溶化冲入　血鹿片三錢另煎冲渣焙乾研末和入

右藥寬水煎三次。去渣再煎極濃加白冰糖二兩收膏。每晨服一調羹。開水冲挑。

■厥症

蔣右　形體蒼瘦。陰虛多火之質。春升之令。忽然發厥。當時神情迷憒。頃之乃醒。前診脈絃微滑。良以相火風木司年。又當仲春升泄之時。陰虛之人。不耐升發。遂致肝藏之陽氣。一時上冒。故卒然而厥也。調理之計。惟益其陰氣。使之涵養肝木。參鱗介之屬。以潛伏陽氣。

炙熟地三兩　西黨參四兩　小黑豆三兩　煅龍骨三兩

炒牛膝二兩　炙生地三兩　煅牡蠣三兩　生鱉甲六兩

煅決明四兩　澤瀉一兩五錢　龜甲心刮白炙八兩　白歸身炒二兩

杭白芍酒炒一兩五錢　粉丹皮一兩五錢　女貞子酒炒三兩　炒於朮一兩五錢

右藥如法共煎濃汁。濾出渣。入水再煎。去枯渣。獨取濃汁。炭火收膏。藏磁器內。每晨服一匙。開水沖挑。

■痞滿

沈右　腎水不足。厥陽有餘。上衝胃土。則胃氣不降。中脘痞滿。歷投苦辛通降。及鎮逆諸法。漸得舒暢。夫六府以通爲用。似不宜更進陰柔。然胃之不降。木犯之也。木之所以上犯。剛太過也。涵木者。水也。腎爲起病之源。胃乃傳病之所。所以胃旣通降。卽進柔養。其少寐易汗等症。次第而退也。服食調攝宜踵此擴充

大生地薑汁炒五兩　製首烏五兩　炙熟地三兩　白蒺藜鹽水炒一兩
生於朮一兩五錢用木香四錢煎湯　煅龍骨三兩　潼沙苑鹽水炒一兩　小兼條參七錢另煎冲
柏子仁去油二兩　縮砂仁六錢另研調入　川貝母一兩五錢　光杏仁打三兩
酒炒歸身二兩　木瓜皮炒一兩　夜交籐三兩　橘皮一兩
酒炒白芍一兩五錢　乾枇杷葉去毛包三兩　甘杞子三兩　煅牡蠣四兩

炒山藥三兩 茯神二兩 乾蓯蓉一兩五錢 薑半夏一兩五錢

生熟草各三錢 炒棗仁研二兩 厚杜仲三兩 炒枳殼八錢

澤瀉一兩五錢

右藥煎三次。去渣再煎極濃。用阿膠三兩。龜膠二兩。鹿角膠八錢溶化沖入。加白冰糖收膏。清晨服六七錢。漸漸加至一兩。開水沖挑

楊右 氣滯則腹滿。陽升則偏左頭痛而眩暈耳鳴。氣何以滯。生升之性不能遂其扶蘇條達也。陽何以升。剛藏而失涵濡。所以在下則爲氣。在上則爲陽矣。宜養其體之不足。而疏其用之有餘。

大生地砂仁炙四兩 嘗首烏切六兩 製香附打二兩九錢 澤瀉一兩

大熟地砂仁炙五兩 奎黨參四兩 桑葉一錢五分另煎沖入 厚杜仲三兩

白歸身酒炒二兩　生於朮一兩五錢木香五錢煎收　白蒺藜炒去刺三兩　炒山藥三兩

粉丹皮二兩　川斷肉二兩　黑豆衣二兩　硃茯神三兩

杭白芍酒炒三兩　金鈴子切二兩　川芎蜜水炒一兩　新會皮一兩二錢

生熟甘草各三錢　滁菊花一兩　酸棗仁炒研二兩　麩炒枳殼二兩

炒杞子三兩

右藥如法寬水煎三次再煎極濃用清阿膠三兩溶化沖入白冰糖二兩文火收膏每晨服一調羹開水沖挑

瘕聚

梁右　左臍旁瘕聚已久發則攻築爲痛爲脹偏右頭疼略一辛勞輒綿綿帶下良以木鬱不條達厥陰之氣滯積成形下爲瘕聚上爲乳癧木旺而陽氣上

升是爲頭痛衝氣不和則奇脉不固以致脂液滲泄木鬱宜舒而肝爲剛藏。其體。宜柔從養血之中。參疏肝調氣法。

大熟地五兩　奎黨參四兩　淸阿膠四兩溶化冲入　龜板膠三兩溶化冲入

大生地六兩　炒杞子三兩　青皮蜜水炒一兩五錢　白蒺藜炒去刺三兩

全當歸酒炒一兩五錢　黑豆衣三兩　小茴香炒八錢　製香附研一兩

杭白芍酒炒二兩　製首烏切五兩　麩炒枳殼一兩　柏子仁去油三兩

川芎一兩　金鈴子切一兩　茯神三兩　山梔薑汁炒二兩

滁菊花一兩　厚杜仲三兩　肥玉竹三兩　炙甘草七錢

龍眼肉四兩　淮小麥四兩　酸棗仁炒研二兩　大南棗五兩

右藥共煎濃汁。加白蜜三兩。冲入收膏。每晨服一調羹。開水冲挑。

龜背

徐左　任行於前。督行於後。又督脉者所督護氣血經絡者也。龜背高凸先天。稟賦有虧。兩膝腫時作痠痛。肝腎之空乏已甚。神疲力少。時或凜熱。亦固其宜矣。治宜大益肝腎。並補八脈。

大熟地薑汁炒四兩　炒杞子二兩　茯苓二兩　炒牛膝二兩

炙草三兩　大生地煎汁炒二兩　大有耆三兩　製半夏二兩

金毛脊去毛切三兩　白歸身酒炒一兩五錢　杭白芍酒炒二兩　東洋參炒二兩

川斷肉二兩　新會皮一兩　乾蓯蓉一兩　澤瀉一兩五錢

野於朮二兩　厚杜仲二兩　熟地片三兩　粉丹皮一兩

炒山藥二兩　山萸肉一兩　製首烏三兩　鹽水炒兔絲子二兩

右藥煎濃汁。加龜板膠二兩。眞阿膠二兩。鹿角膠三兩收膏。

■調經

林右　陰分久虧。木失涵養。肝强木燥。生火生風。陰血爲熱所迫。不能固藏。經水反多。甚至一月再至。營血由此更虧。陽氣化風上旋。爲頭暈撼擾。神舍爲心悸。爲火升轟熱。諸虛象雜陳。脉形絃細。左部濇弱。且有數意。陰弱陽强。急宜養血。益陰。以配合陽氣。庶不致因虛致損。因損不復耳。

大生地五兩　西洋參三兩　酸棗仁炒研二兩　厚杜仲三兩
茯神二兩　大熟地三兩　奎黨參四兩　潼沙苑鹽水炒三兩
樗白皮炒黑一兩五錢　製首烏三兩　生於朮二兩　大天冬四兩
川石斛四兩　生山藥三兩　柏子仁去油二兩　烏賊骨炙四兩

當歸炭一兩五錢　粉丹皮一兩五錢　炒萸肉一兩　大麥冬二兩
旱蓮草二兩　池菊花七錢　地骨皮二兩　杭白芍酒炒二兩
細子芩一兩五錢防風七錢汁收入　香附蜜水炒一兩五錢　黑豆衣三兩　橘白七錢
女貞子酒蒸二兩　生熟草各四兩

右藥寬水煎三次。去渣再煎極濃。加清阿膠三兩。龜板膠三兩。溶化沖入收膏。以滴水成珠爲度。每晨服一調羹。開水沖挑。

■白帶

孫右　久帶不止。液耗陽升。頭旋眩暈。肝腎空乏。足膝作痠。帶脉者。如帶之圍繞。爲一身之約束。帶脈有損。則脾胃之溼。由此滲溢。脂液由此俱耗。宜補益中氣。兼攝脾腎。

炙綿耆三兩 炙熟地五兩 菟絲子鹽炒炒三兩 破故紙鹽水炒二兩

西黨參四兩 茯神二兩 煅牡蠣四兩 野於朮炒二兩

厚杜仲三兩 製首烏四兩 潼沙苑鹽水炒三兩 穭豆衣三兩

炒山藥二兩 白歸身酒炒二兩 酒炒杭白芍二兩 金毛脊去毛切四兩

炒杞子三兩 法半夏二兩 炒川斷肉三兩 土炒新會皮一兩

炒菊花一兩五錢

共煎濃汁。溶入眞阿膠三兩。收膏。

■產後

裴右　產育頻多。營血虧損。水失涵養。陽氣升浮。夏月陽氣泄越之時。往往頭脹眩暈胸悶。若係痰脹。無動輒即發之理。其所以屢發者。亦由陽氣之逆上也。

茲又當產後。營氣更虧。少陽之木火勃升。胸悶頭暈。汗出。手足烙熱。咽痛音暗。蓋少陰之脉。少陽之脉。皆循喉也。育陰以涵陽氣。是一定不易之道。但泄少陽清氣熱之藥。不能合入膏方。另以煎藥參服爲宜。

大生地四兩　西洋參三兩　大天冬二兩　金石斛三兩

遠志肉七錢　山萸肉一兩五錢　酸棗仁炒研二兩　生熟草各五錢

女貞子酒蒸三兩　大熟地四兩　黑豆衣三兩　肥玉竹三兩

製首烏五兩　大麥冬二兩　甘杞子三兩　石決明打八兩

白歸身酒炒二兩　潼沙苑鹽水炒三兩　奎黨參四兩　製香附打三兩

生山藥三兩　生牡蠣八兩　茯神三兩　杭白芍酒炒二兩

新會皮一兩五錢

右藥如法共煎濃去渣用清阿膠三兩龜板膠二兩溶化冲入收膏或加白冰糖三四兩亦可每晨服一羹開水冲挑

■求嗣

魏右　經事無故而不受孕平日間亦無他恙惟時爲昏暈或四肢烙熱而瘦楚少腹時滿脉大有力蓋氣鬱則生熱熱從內吸則子宮枯燥不能攝精熱盛則生風風陽鼓旋則頭旋眩暈脉絡不和養血益陰固屬要圖而泄熱調氣尤爲急務非大劑補益便爲良法也

大熟地砂仁炙五兩　黑元參三兩　大連翹三兩　白蒺藜炒去刺三兩

大生地薑汁炙五兩　穭豆衣三兩　黑山梔三兩　四製香附研四兩

大麥冬二兩五錢　製首烏切五兩　晚蠶沙包煎三兩　全當歸二兩五錢

製洋參三兩　奎黨參四兩　炒杞子三兩　粉丹皮二兩

淡天冬二兩　滁菊花二兩　乾荷邊二兩　縮砂仁一兩另煎沖

杭白芍一兩五錢　半夏麯鹽水炒二兩五錢　松蘿茶二兩　桑寄生三兩

右藥共煎濃汁。用清阿膠三兩龜板膠二兩白冰糖三兩溶化沖入收膏。以滴水成珠爲度。每晨服一調羹開水沖挑。

家庭醫藥常識叢刊

出版預告

▲第一集　驗方類編
▲第二集　百病通論
▲融化學說經驗于一爐
▲不啻家庭醫藥之顧問

本局專行發售中醫書籍宣傳中醫文化。對於醫界之貢獻。可謂不遺餘力。惟于病家方面。殊鮮顧及。深引爲憾。竊念病家之需要。凡二。一爲靈驗方劑。以備急救。一爲醫藥常識。俾資攝養。爰特聘請中國醫學院教務主任秦伯未先生。從事編輯。秦君學識既高。經驗又富。而此書之作。更願以十年心得。儘量披露。自當倍見精彩。切合實用。不日可以脫稿。決定年內出版。爲普及起見。定價特別從廉。初版印一萬册。如有願附印贈送者。請即來局接洽。當照成本發售。特此佈告。

上海山東路A字一號中醫書局啓

中華民國十八年九月印行

膏方大全

一冊 定價大洋三角

編纂者 上海秦伯未

參校者 普寧方公溥

發所者 四明錢季寅

印刷者 中醫書局印刷部

（山東路A字一號）

發行行 上海中醫書局

台灣嘉義西門前市場街

分售處 蘭記圖書公司

幼科第一善本

幼科易知錄

清代吳溶堂著

▲內容豐富
▲綱舉目張
▲嬰兒之福音
▲家庭之寶筏

本書係吳溶堂著。專爲普通人說法。故用筆淺顯。方藥精粹。上卷爲鞠養類。有拭口洗兒斷臍等一十五法。下卷爲胎疾類。有不啼不乳目不開吐不止等六十八症。補編爲雜症類。有外感內傷瘡瘍等四十五種。集幼科之大成。爲兒童之保障。凡有子女者。不可不備一編。以資參考。

▲全書一厚册
▲用大字排印
▲定價五角六折
▲中醫書局發行

家庭必備

普濟良方

德軒氏輯

▲靈驗簡要
▲遠勝驗方新編
▲入手一册
▲可以無醫自療

本書係德軒氏輯。早經馳譽醫林。計有急救八十三方。瘡毒五十五方。婦女四十三方。小兒三十二方。雜症七十一方。法法可施。方方有效。誠爲普濟人羣之寶筏。較之驗方新編之取材既繁。非知醫不能擇用。藥料多僻。非咄嗟所能立致者。不可同日而語。實養生者亟宜購置者也。

▲全書一册
▲鉛字排印
▲定價二角六折
▲中醫書局發行

中醫界之生力軍

中醫世界

秦伯未方公溥主編——中醫書局發行

（宗旨）本局有鑒中醫處于今日地位對於西醫之擴張不可不有相當之評論中醫之學術不可不有精密之改進爰特發行本雜誌以應時代之需要

（編者）本局為慎重計特請中醫界素負盛名之秦伯未方公溥先生主編並請本外埠名醫顧惕生丁福保謝利恆張錫純丁仲英嚴蒼山等二十餘人為特約撰述切實從事以饗閱者

（內容）分小評論壇發明改革研究常識驗方醫案消息等十餘類其他對於中醫界有貢獻之文字亦儘量采納務求完美

（定價）每二月出一期約一百頁實價大洋二角定閱全年計六冊實價一元一角郵費六分

（特點）本雜誌每期均增刊醫界書畫銅版每年出特刊二種內容加增定閱者不另加費以示優待實吾中醫界之生力軍而研究中醫者不可不購以資研究也

上海姜衍澤堂發記老藥鋪製售

內科專家秦伯未先生製方

婦女白帶丸

諺云。十女九帶。甚矣婦女帶病之多。不可不有良藥以服制之也。殊帶下一症。無非帶脈爲病。帶脈起於季脅。總束諸脈。不使妄行。如束帶然。爲一身之樞紐。上而心脾抑鬱。氣不運行。下而肝腎虛敗。真陰不足。必致停濕蘊熱。下注而流白物。傅青主以濕熱立治法。自是破的之談。其完帶湯加減逍遙散易黃湯利火湯。方藥俱佳。然但就初起時而言耳。若久病之人。亦以清利濕熱爲主。五臟精液。勢必愈利愈虧。蓋久病宜益氣固精。補血存液爲要。再佐以升提諸味。則庶幾無誤方鍼。凡病分初中末三期。帶下亦何獨不然哉。秦伯未先生治婦女症。獨擅勝場。本經驗之所得。學理之所獲。成婦女白帶丸方。治婦女白帶。腰腿痠痛頭暈眼花。精神不振。而萎無光等症。不論久暫。莫不見效。且方中面面俱顧。不留遺陷。補不妨利。利不礙補。故服後永不復發。更無遺患。茲由本號商請秦先生將該方歸本號製售。以利病家。特綴數言。爲婦女界同胞告云。

(服法)每瓶分三服每日一次空腹開水吞下(奏效)症淺日角者一瓶即見效症深日久者連服三瓶(特長)元氣不受傷愈後不復發(價售)必在濟世不敢牟利照成本每瓶實售大洋七暫

上海小南門外大街新建洋房

姜衍澤堂發記老藥鋪謹啓

秦伯未醫家著述批梭各醫書

清代名醫醫案精華	四冊	中醫書局發行
清代名醫醫話精華	四冊	中醫書局發行
讀內經記	一冊	中醫書局發行
內經類證	一冊	中醫書局發行
難經註疏	一冊	中醫書局發行
膏方大全	一冊	中醫書局發行
全生指迷方	一冊	千頃堂書局發行
本草詩牋	四冊	千頃堂書局發行
本草分經	一冊	千頃堂書局發行
醫經原旨	四冊	千頃堂書局發行
醫學見能	一冊	學海書局發行
國醫小史	一冊	學海書局發行
溫熱類編	四冊	杭州三三醫社發行